It walks by past

ふたりの
距離の概算

FUTARI NO KYORI NO GAISAN
by Honobu YONEZAWA

이 도서의 국립중앙도서관 출판예정도서목록(CIP)은
서지정보유통지원시스템 홈페이지(http://seoji.nl.go.kr)와
국가자료공동목록시스템(http://www.nl.go.kr/kolisnet)에서 이용하실 수 있습니다.
CIP제어번호 : CIP2015009906

요네자와 호노부 지음

권영주 옮김

두 사람의 거리 추정

엘릭시르

It walks by past

ふたりの距離の概算

007 **서장** 그냥 뛰기에는 너무 길다

035 **1** 가입 접수는 이쪽

091 **2** 친구는 축하해주어야 한다

137 **3** 참 멋진 찻집

193 **4** 놓아버리는 게 편하다

243 **5** 두 사람의 거리 어림

291 **종장** 손은 어디까지고 뻗을 터

서장
그냥 뛰기에는 너무 길다

1. 현재 : 0km 지점

비는 오지 않았다. 그렇게 열심히 기도했건만.

작년 역시 기도는 효과가 없었다. 즉, 비가 오게 해달라고 기도하는 것은 소용없는 짓이다. 이제 알았으니 내년에는 차분히 이때를 기다리게 될 것이다. 안 해도 되는 일은 안 한다. 해야 하는 일은 간략하게. 오레키 호타로는 오늘 기우祈雨는 안 해도 되는 일이라는 깨달음을 얻었다.

온 운동장에 퍼져 있던 천 명에 달하는 가미야마 고등학교 학생들은 이미 3분의 1이 사라지고 없다. 그들은 먼 길을 떠났다. 아무것도 얻지 못할, 그저 고역에 불과한 행위임을 알면서도. 그러나 동정하지 않는다. 이제 나도 같은 길을 가야 하니까.

귀에 거슬리는 하울링으로 확성기가 켜졌음을 알았다. 명령이 내려진다.

“3학년 종료. 2학년 A반, 앞으로.”

끌려가듯 줄줄이 소정의 위치로 향하는 급우들. 그중에는 의욕이 만면에 넘치는 학생도 있다. 하지만 많은 이들의 얼굴에는 어딘지 모르게 성스러움마저 느껴지는 체념만이 드러나 있다. 아마 나도 비슷할 것이다.

석회로 그린 선. 그 곁에 권총을 들고 선 총무 위원은 가혹한 결단을 내릴 집행자의 심각함을 찾아볼 수 없다. 중학생 티가 짙게 남아 있는 얼굴로 보건대 아직 1학년일 것이다. 일 초의 오차도 허용되지 않는다는 양 스톱워치만 쳐다보고 있다. 결국 그도 명령을 따르는 것일 뿐, 자신의 행위가 우리에게 어떤 의미를 가지는지 생각도 하지 않는다. 혹여 생각한다 쳐도 기껏해야 ‘이건 내가 하는 일이 아니다. 명령이 내려졌고 내게 역할이 주어졌기 때문에 하는 것뿐 내 의사가 아니고 내 책임도 아니다’ 정도일 것이다. 그렇기에 그렇게 잔인한 행위를 하면서도 무표정할 수 있는 게 틀림없다. 천천히 권총을 든다.

지금이라도 기상학 역사에 한 획을 그을 괴현상에 의해 호우가 쏟아지지는 않을까. 그러나 오월 하늘은 구름 한 점 없이 화창하고, 공기도 울화가 치밀 만큼 맑고 깨끗하다. 그렇다면 호랑이라도 장가가주면 안 될까.

"준비."

아아, 그렇지. 조금 전 깨달음을 얻지 않았나. 하늘은 기도하는 목소리에 답해주지 않는다는 것을. 나 스스로 길을 개척할 수밖에 없다는 것을.

총무 위원은 결국 끝까지 얼굴을 들지 않았다. 방아쇠에 가느다란 손가락을 건다.

화약이 파열되고 총구에서 흰 연기가 피어오른다.

가미야마 고등학교 호시가야 배杯. 마침내 2학년 A반에게 출발 명령이 내려졌다.

가미야마 고등학교는 문예계 특별 활동이 활발한 것으로 유명하다. 문예계 특별 활동 동아리는 숫자를 세기도 귀찮을 만큼 많다. 분명 쉰 개는 넘을 것이다. 가을철 학교 축제는 사흘에 걸쳐, 냉정하게 생각하면 좀 과하지 않나 싶을 만큼 떠들썩하게 개최된다.

한편 체육 관련 이벤트도 모자람이 없다. 작년에는 비록

고교 체전에서 활약할 만한 선수는 나오지 않았지만, 무도武道 쪽 동아리는 그런대로 전통이 있다고 들었다. 축제가 끝난 뒤 작게나마 체육대회가 열리거니와, 새 학년도가 시작되고 얼마 안 되는 시기에 구기 대회도 있다. 그것들은 별반 고생스럽지 않다. 기꺼이 참가하고 싶은 마음은 아니지만, 배구 경기에서 리시버를 맡는다든지 200미터 릴레이에 나가는 것쯤은 수용할 수 있다. 필요하면 땀 흘리니 시원하고 좋다며 웃어 보일 수도 있다.

웃으려도 웃을 수 없는 것은 그보다 긴 거리를 뛰라고 할 때.

구체적으로는 이만 미터쯤 뛰라고 할 때다.

가미야마 고등학교 장거리 달리기 대회는 매년 오월 말에 열린다. 올바른 명칭은 '호시가야 배'인 모양이다. 예전 장거리 트랙 종목에서 일본 신기록을 수립한 졸업생의 이름에서 따왔다는데, 그 이름으로 부르는 사람은 아무도 없다. 정식 명칭이 없는 학교 축제를 '간야제'라 부르는 것과 대조적으로 호시가야 배는 대개 그냥 '마라톤 대회'다. 내 경우는 친구인 후쿠베 사토시가 꼬박꼬박 호시가야 배라고 하는 바람에 옮았다.

마라톤 대회라고 해도 풀 마라톤보다 거리가 짧으니 고맙게 생각해야 될 수도 있겠지만, 역시 비가 왔으면 좋았을 것 같다. 이것도 사토시에게 들었는데, 공도公道를 사용하는 관계로 우천 시 연기가 아니라 중지되는 모양이다.

하기야 그때 녀석은 이런 말도 했다.

"그런데 참 이상하기도 하지, 기록에 따르면 호시가야 배가 중지된 적은 한 번도 없거든."

분명 호시가야 선수의 가호가 있는 것이리라.

신통한 인간이 못 되는 게 틀림없다.

흰 반소매 티셔츠에 빨강과 보라의 중간 색깔 반바지. 적자색이라고 하는 모양이다. 여자는 무릎 위까지 내려오고 몸에 붙는 타입의 같은 색 반바지를 입는다. 티셔츠 가슴에 학교 마크를 수놓았고, 그 밑에 반과 성을 쓴 작은 이름표를 꿰매 붙였다. 새 학년으로 올라와 단 '2-A 오레키' 이름표는 벌써부터 실이 풀리려고 한다. 귀찮아서 대충 꿰매 그렇다.

오월 말이니 아직 장마라고 할 만큼 비가 많이 오지는 않는다. 금요일에 개최해서 끝나고 토, 일, 이틀을 쉬게 해주는 것은 최소한의 배려이리라. 출발은 오전 9시, 지금은 아직 선득하지만 곧 해가 높아지면 땀이 날 것이다.

운동장에 교문과 별도로 있는 출입구로 2학년 A반 학생들이 달려나간다. 잘 있어라, 가미야마 고등학교. 이십 킬로미터 돌고 나서 다시 만나자.

호시가야 배의 코스는 대략 말하자면 '학교 뒷산을 한 바퀴 도는 것'이다. 그런데 가미야마 고등학교 뒤로 펼쳐지는 산지는 저 멀리 만년설이 쌓인 가미카키우치 연봉連峯까지 이어지는 터라, 정말 한 바퀴 돌려면 장거리 달리기가 아니라 종주縱走가 되고 만다.

코스는 잘 알고 있다.

학교 앞을 흐르는 강을 따라 잠시 달려 맨 처음 교차로에서 비탈길로 접어든다. 얼마 동안 비탈이 완만하게 이어지다가 점차 경사가 가팔라져, 언덕 꼭대기 부근에서 이를 때쯤이면 심장이 터질 것 같다.

올라가고 나면 단숨에 내려간다. 이 내리막길도 꽤나 경사가 급한데다 생각보다 길기 때문에 무리하면 무릎을 다칠 수 있다.

비탈을 내려가면 전원 지대가 펼쳐진다. 민가도 드문드문 보일 것이다. 경사는 거의 없지만 직선으로 계속 이어지는지라 정신적으로는 이 구간이 제일 힘들다.

평지를 끝까지 가면 언덕을 넘게 되는데, 이번 것은 그렇게 가파르지 않다. 다만 길이 구불구불하고 헤어핀커브를 몇 번씩 돌아야 하므로 페이스가 흐트러진다.

그러고 나면 가미야마 시 북동부, 진데라고 불리는 지역이 나온다. 지탄다의 집이 있는 곳이다. 이곳에서는 작은 개울을 따라 내리막길이 이어진다.

그대로 산간을 지나 시가지로 돌아온다. 그렇지만 차가 오가는 도로 한복판을 달릴 수는 없는 노릇이니 뒷길을 이용한다. 아레쿠스 신사 앞을 지나면 딱 보기에도 병원 같은 새하얀 렌고 병원 건물 뒤로 가미야마 고등학교가 보인다.

어쨌거나 이미 한 번 달려봤으니 처음부터 끝까지 샅샅이 알고 있다. 하지만 이해는 거리를 줄여주지 않는다. 결론을 알고 있다면 과정은 생략해야 옳다는 게 내 생각이다. 그게 무리라면 적어도 최적의 방법을 선택해야 한다. 구체적으로 말하자면, 이십 킬로미터를 달려야 한다면 자전거든 버스든 이용할 것을 제안하고 싶다. 그러나 유감스럽게도 이 합리적 사고는 통용될 성싶지 않다.

맨 처음 달리는 강변 길, 여기가 초장부터 까다롭다. 코스는 대부분 교통량이 적은 산지를 지나는데, 강변을 따라 이어지는 이 길은 시가지를 우회하는 도로의 일부에 해당되는 터라 차가 제법 다닌다. 게다가 인도와 차도를 나누는 것은 흰 선 하나뿐이고 갓돌이 없다. 학급 단위로 시간 차를 두고 출발하는 것은 순전히 여기서 정체를 일으키지 않기 위해서다.

2학년 A반 급우들은 흰 선을 넘지 않기 위해 길게 줄을 지어 달리고 있다. 발이 빠른 녀석도, 느린 녀석도 이십 킬로미터 중 이 구간만은 같은 속도로 달려야 한다. 아니면 차도로 삐져 나가게 된다. 작년에는 다소 옆으로 늘어서도 괜찮았는데, 올해는 일렬로 가라고 엄명이 내려졌다. 얼마 전 시내에서 3학년이 차에 치인 데 대한 단속 조치다. 덕분에 앞뒤로 막혀 그렇게 뛰기 불편할 수 없다.

이 길은 일 킬로미터쯤 될까 말까 한다. 속도는 가벼운 조깅 정도로 꽤 여유 있다. 앞으로 갈 길도 멀겠다, 워밍업 정도로 생각하면 딱 맞는다.

이윽고 그 일 킬로미터 길을 지나 코스는 오른쪽으로 크게 커브를 돈다. 시내로 이어지는 도로에서 벗어나 학교 뒤쪽으로 접어든다. 여기서부터 오르막이다.

대열이 흩어진다. 제 속도로 달리지 못해 욕구불만이 쌓였던 듯 운동부 쪽 인간들이 단숨에 집단에서 빠져나간다. 사이좋게 같이 뛰자고 약속했는지, 이내 여학생들이 몇 개 그룹을 이룬다.

나는 속력을 늦춘다.

점점 늦춘다.

거의 걷다시피 하지만 일단 뛰는 척한다.

호시가야 선수에게는 미안하지만 태평하게 뛰고 있을 겨를이 없다. 나는 이 이십 킬로미터를 달리는 동안 생각해야 할 게 있다. 그런데 이제 십구 킬로미터밖에 남지 않았다.

비탈길로 들어서 백 미터쯤 갔을 때 뒤에서 목소리가 들려왔다.

"아, 찾았다, 호타로."

돌아보지 않는다. 목소리의 임자는 알아서 나와 나란히 선다.

그 녀석, 후쿠베 사토시는 타고 있던 자전거에서 내렸다.

멀리서 보면 남자인지 아닌지조차 알 수 없을 만큼 곱상한 외모라고 생각했는데, 얼마 전 우연히 중학교 졸업 앨범을 봤더니 얼굴 인상이 달라 놀랐다. 이목구비가 눈에 띄게 변한 것은 아니지만 일 년 사이 표정이 여문 것 같다. 사흘 중 이틀은 얼굴을 마주하는 터라 알아차리지 못했다.

이번 학년에 사토시는 총무 위원회 부위원장을 맡았다. 호시가야 배는 총무 위원회가 관리하므로 위원들은 뛰지 않아도 된다. 출발에 앞서 그들은 코스 곳곳에 배치되었을 터다. 사토시는 노란 헬멧을 쓰고 자신의 취미이기도 한 산악용 자전거를 밀고 있다. 나는 곁눈으로 보며 말했다.

"딴짓해도 되는 거냐?"

"괜찮아. 출발이 순조롭게 진행되고 있는 건 확인했고, 난 마지막 한 사람이 골인하고 나서 돌아가도 되니까."

"수고가 많다."

뛰지 않아도 되는 총무 부위원장의 노고를 위로한 것은, 코스 각지의 총무 위원들을 감독하는 임무를 맡았음을 알기 때문이다. 이 녀석은 이제부터 산악용 자전거로 이십 킬로미터 코스 여기저기를 돌아다니며 예기치 못한 사태는 없는지 보고를 받아야 한다. 사토시는 어깨를 으쓱했다.

"뭐, 사이클링은 싫지 않으니까 고생이랄 건 없지만. 휴대전화를 쓸 수 있으면 필요 없는 역할인데 말이야, 이거."

"그러고 보니 그렇군."

"학생이 전원 휴대전화를 갖고 있다는 걸 전제로 할 순 없어. 그렇지만 실제로 부상자가 발생하면 어차피 휴대전화로 구호를 부탁해야 하거든. 정말이지, 현장 실정에 맞게 구조가 재조정되어야 한다니까."

총무 위원회의 경직된 조직을 한탄하더니 문득 정색했다.

"그래서, 가망은 있어 보여?"

나는 느릿느릿 발을 움직이며 신중하게 대답했다.

"아직 아무것도 모르겠다."

"마야카는……."

말하다 말고 입을 다물었다. 다음 말은 예상할 수 있었으므로 대신 말했다.

"녀석이 날 의심하는 건 당연해."

"아니, 그게 말이지, 아무래도 호타로 네가 아니라고 생각하는 것 같아. 듣기엔 좀 그렇지만 '걔가 뭘 했을 것 같진 않아. 자기가 나서서 뭘 하는 인간이 아니니까'라던데."

쓴웃음이 났다. 아닌 게 아니라 이바라가 할 법한 말인데다 실제로 맞는 말이다. 어제 나는 아무것도 하지 않았다.

하지만 그렇게 생각하고 있다면 이바라는 꽤나 난감할 것이다.

"내가 아니면……."

"그러게 말이야."

사토시가 깊은 한숨을 내쉬었다.

내가 아니면 남는 것은 한 명뿐이다. 어제 일을 돌이켜보았다.

2. 과거 : 하루 전

방과후 동아리실에서 문고본을 읽고 있었다. 훗날 거물 스파이가 될 남자의 젊은 날을 그린 시대소설인데, 제법 재미있어서 나답지 않게 이야기에 푹 빠졌다.

문예계 동아리 수가 워낙 많은데다 해마다 동아리 몇 개가 없어지고 몇 개가 생겨나는 가미야마 고등학교에서는, 학년이 바뀔 때 동아리실이 변경되는 것은 자주 있는 일이다. 그렇지만 고전부 동아리실은 지학 교실에서 바뀌지 않았다. 별 대단한 애착은 없지만 어쨌거나 일 년씩이나 지내다 보면 '지정석'이라는 게 생기게 마련이다. 뒤에서 세 번째 줄, 운동장이 내다보이는 창가에서 세 번째 자리에 여느 때처럼 자리를 잡았다.

장章 하나가 끝나면서 이야기가 일단락되어 한숨을 돌리고 얼굴을 드는데 미닫이문이 열렸다. 이바라가 미간에 주름을 모으며 어째 당혹한 표정으로 들어왔다.

2학년으로 올라와 이바라 마야카는 조금 달라졌다. 분명하게 아는 사실은 양다리 걸치고 있던 만화 연구회에서 나왔다는 것이다. 본인은 '지쳐서'라고 말했다. 할말이 있는 듯한 사토시의 표정으로 보건대 다른 사정도 있는 것 같았지만 나는 묻지 않았다.

외모는 변한 것 같지 않다. 신입생 무리 속에 던져 넣고 이 중에서 2학년을 찾으라고 하면 이바라를 고를 녀석은 백 명 중 한 명도 없을 것이다. 최근 머리핀을 꽂기 시작했다. 하기야 나는 다른 녀석들이 말하는 것을 듣고야 알아차렸지만.

동아리실에는 나 말고 한 명뿐이었다. 조금 전까지는 세 명 있었는데.

이바라는 말했다.

"저 말이야, 무슨 일 있었어?"

"아뇨……."

지탄다가 말꼬리를 흐리며 대답했다.

지탄다 에루는 작년에 이어 올해도 고전부 부장을 맡았다. 머리는 자른 것 같지 않으니 조금 길었을 것이다.

이바라는 복도를 돌아보더니 어쩐지 목소리를 낮추었다.

"방금 저기서 히나를 만났는데, 안 들어오겠대."

"네?"

"어째 눈이 빨갛더라고. 울었어?"

지탄다는 말문이 막힌 듯했다. 질문에는 대답하지 않고 천천히 혼잣말을 했다.

"……그런가요."

무슨 일이 있었는지 알 수 없었다.

일 년이 지나 우리는 2학년이 되고 신입생이 들어왔다. 고전부도 신입 부원을 모집했다. 우여곡절은 있었지만 부원 한 명을 확보했다.

오히나타 도모코는 임시 가입 신청서를 제출하고, 이제 정식 가입 신청서를 내면 되는 상태였다. 오히나타는 이바라를 잘 따랐고, 지탄다와도 곧잘 웃으며 이야기하곤 했다. 다소 시끄러운 얘이기는 해도 그 때문에 내가 불친절하게 대하는 일도 없었다. 모두가 오히나타는 당연히 정식 가입을 할 것이라 생각하고 있었다. 아니, 실은 임시 가입 뒤 정식 가입이라는 절차가 필요하다는 사실조차 다들 잊고 있지 않았을까.

그랬건만 별안간 가입하지 않겠다고 한 것이다. 내가 책을 읽는 몇십 분 사이 모든 게 뒤바뀌고 말았나.

지탄다는 이바라 쪽을 보고 있었다. 떨리는 입술로 또다시 "그런가요" 하는 게 고작인 듯했다. 사정을 묻고 싶었겠지만 이바라는 하려던 말을 삼키고 말했다.

"지이, 괜찮아? 무슨 일 있어?"

"역시…… 저 때문에."

"뭐가? 히나 말이라면 지이 탓이 아냐. 걔가 그랬는걸."

"그렇지 않아요. 죄송하지만 저 그만 갈게요."

억지로 이야기를 중단한 지탄다는 가방을 움켜잡고는 뛰다시피 지학 교실 밖으로 나갔다. 나는 그저 보고 있는 수밖에 없었다.

지탄다를 시선으로 좇던 이바라가 빙그르르 몸을 돌렸다. 무표정에 가까운 얼굴에, 목소리에도 억양이 없었다.

"무슨 일이 있었던 건데?"

나는 그저 멍청히 입을 벌린 채 고개를 젓는 것밖에 할 수 없었다.

3. 현재 : 1.2km 지점

특별 활동 동아리는 많지만 신입생 수는 정해져 있다. 사월, 가미야마 고등학교의 신입생 가입 권유는 치열함이 극에 달한다. 작년에 나는 어느 동아리에도 들어갈 마음이 없었던 터라 깡그리 무시했으나 올해는 소용돌이의 한복판에 있었다. 겪어보고 알았다. 그것은 가히 격전이다.

아직 어리바리한 신입생들을 놓고 다투듯 가입 권유 활동을 벌이다 보니 다소의 문제는 발생한다. 거절할 것을 못 거절하는 데는 본인 잘못도 적잖이 있겠지만, 좌우지간 머릿수를 채우고 보자는 식으로 강권하는 동아리도 있는 모양이다. 그렇다고 억지 쓰면 장땡인 것도 아니다. 임시 가입과 정식 가입, 이렇게 두 단계를 거치는 것은 정말 본인의 의사로 가입하는 건지 확인하기 위해서라고 한다. 정식 가입 신청서를 제출하지 않으면 자동적으로 탈퇴한 것으로 취급된다.

제출 기한은 이번 주말까지. 오늘이 마감일이다.

일단 확인한다.

"정식 가입 신청서를 안 냈다고 그 동아리에 두 번 다시 못 들어가게 되는 건 아니지?"

"그야 물론이지. 가미야마 고등학교 동아리는 언제든 들어갈 수 있고 언제든 그만둘 수도 있어. 전부 자유야."

사토시는 그러더니 거북스러운 듯 덧붙였다.

"다만 동아리 예산은 임시 가입 기간 종료 시의 인원수로 정하니까 그때가 지나고 나서 가입하면 환영 못 받는 건 사실이지. 그리고 그런 것보다……."

"알아."

문제는 사무적인 수속이 아니다.

원래는 어제 무슨 문제가 발생한 모양이라는 것을 안 시점에서 즉시 대처해야 했다. 당사자인 오히나타와 지탄다 둘 다 집에 가버렸으니 뭘 하려야 할 수 없었다 해도. 하루 지났을 뿐이라지만 이미 늦었을 지경이다. 토, 일을 끼고 월요일이 되면 이제 오히나타의 탈퇴는 완전히 '다 끝난 이야기'가 되어 돌이킬 수 없게 된다.

오늘 호시가야 배가 끝나고 나면 수업은 없다. 홈룸 시간은 있지만 그 뒤는 아무것도 없다.

즉, 오히나타를 붙들려면 오늘밖에 없는데, 오히나타와 접촉할 수 있는 기회도 시간도 없다시피 하다는 뜻이다.

"난 사정을 간접적으로밖에 모르지만……."

사토시는 목소리를 조금 낮추고 말했다.

"어제 방과후 오히나타를 엄청 화나게 했는지 엄청 기죽였는지 그런 모양이던데. 그렇지만 원인은 모르는 거지?"

"난 책을 보고 있었으니 말이다."

"그럼 원인은 지탄다란 뜻인데. 마야카가 들은 이야기랑 안 맞는단 말이지."

아직 본격적인 오르막은 아니다. 길 좌우로 민가가 늘어서 있고, 완만한 비탈이 얼마 동안 이어진다. 늘쩡늘쩡 움직이는 나를 누가 경쾌하게 추월해 앞서갔다. 아마 우리 뒤로 출발한 2학년 B반의, 달리기에 자신 있는 녀석일 것이다.

나지막이 물었다.

"이바라는 뭐래?"

얼핏 보니 사토시는 맥 빠진 표정이었다.

"저런, 못 들었어?"

"그 녀석은 암말 안 했다."

"말할 틈이 없었나? 나도 들은 이야기라 확실하진 않지만."

시선이 잠시 이곳저곳 떠돌더니 사토시는 자신 없는 목소리로 말했다.

"뭐라더라, 지탄다를 '부처님 같은 사람'이라고 했다나, 뭐라나. 나쁜 뉘앙스는 아니었다는 것만은 기억나는데."

그런 말은 처음 들었다. 나는 오히나타가 가입하지 않겠다고 했다는 것밖에 몰랐다.

"그거 정말 어제 나온 이야기냐?"

"표현은 달랐을지 모르지만 어제라는 건 확실해."

그렇다면 오히나타는 '가입하지 않겠다'와 '지탄다는 부처 같은 사람이다', 이 두 가지를 말했나. 그렇게 되면 단순하게 생각할 때 '가입은 하지 않겠지만 지탄다 탓은 아니다'라는 의미가 될 것 같다.

그 말은 오히나타에게 탈퇴를 결심하게 한 원인이 나라는 뜻이 된다. 하지만 어제 나는 정말 아무것도 하지 않았다. 아무것도 기억나지 않고 아무것도 못 들었다고 한다면 거짓말일 것이다. 동아리실에 들어가기 전 잠깐 이야기했고, 책을 읽으면서 귓결에 주워들은 말은 있다. 그뿐이다.

"……역시 단순한 문제가 아닌 것 같군."

그런데 사토시는 "글쎄, 그럴까" 하고 중얼거렸다.

"난 단순한 것 같은데. 신입 부원이 왔다. 마음이 바뀌었다. 탈퇴했다. 일어난 일은 그것뿐이야."

나름 뛰고 있는 나를 사토시는 산악용 자전거를 밀며 따라왔다. 사이클링이 취미라더니 과연 건각이다.

사토시는 이윽고 어쩔 수 없다는 듯 말을 이었다.

"있지, 호타로. 피도 눈물도 없는 말 같지만, 난 오히나타가 탈퇴하겠다면 어쩔 수 없는 일이라고 생각하는데. 재미있는 애였고 마야카도 마음에 든 것 같았지만, 본인이 정한 일을 이러쿵저러쿵 할 순 없지 않겠어?"

나를 보며 덧붙인다.

"난 오히려 네가 이렇게 말할 줄 알았는데."

그런 말을 들을 만도 하다. 사실 어제 이바라가 당혹한 표정으로 들어온 시점에서는 나도 아무래도 상관없는 일이라고 생각했다.

오히나타에게는 오히나타 나름의 사정이 있을 것이다. 가미야마 고등학교에서는 동아리 두 개까지 적을 두는 게 인정

되지만, 들어가고 싶은 동아리가 세 개 있었다면 고전부가 밀려나는 것도 무리는 아니다. 어쨌거나 목적 불명의 동아리이니 말이다. 하고 싶은 스포츠가 생겼다, 위원회 활동을 시작하게 되었다, 역시 공부에 집중해야겠다. 탈퇴할 이유는 얼마든지 있는 데 반해 고전부가 붙들 이유는 아무것도 없다. 유감이지만 인연이 없었다. 그냥 그 정도로만 생각했다.

내가 마음이 바뀐 데는 몇 가지 이유가 있다. 다만 달리면서 그것을 일일이 사토시에게 설명할 마음이 나지 않았다. 사토시는 자전거를 탈 테니 상관없겠지만 나는 마지막까지 달려야 한다. 말하면서 뛰면 힘들다. 말수는 되도록 줄이고 싶다.

대답이 돌아오지 않을 것을 깨달았는지 사토시는 가벼운 말투로 말했다.

"뭐, 그렇지만 네가 붙들기로 했다면 말릴 생각은 없어. 그래서, 오히나타를 발견하면 애걸복걸하려는 심산?"

뜻밖이었다.

"애걸복걸?"

"그래. 이렇게 머리를 숙이면서 이것저것 불쾌하신 점도 있겠지만 제발 참아주십시오, 하고."

몸짓을 곁들여 말하면서 사토시도 의아한 표정을 지었다.

"그런 계획이 아닌 거야?"

그런 생각은 해보지도 않았다. 분명 그런 방법도 있기는 하다. 하지만…….

"오히나타도 이유가 있어서 그만두겠다고 했을 거 아니냐. 그런데 이유도 모르면서 빌기만 한다고 문제가 해결되겠냐?"

신음 소리가 돌아왔다.

"그게 그런데 해결된단 말이지. 확실히 네 성미엔 안 맞을지 모르지만, 무작정 덮어놓고 사과하면서 제발 부탁이라고 빌면 뭣보다 간단한데다 의외로 효과가 있거든."

그런가. 어째 믿기지 않는다. 적어도 내가 오히나타에게 애걸복걸한다고 모든 게 원만히 수습될 것 같지는 않다.

무엇보다도 나는 오히나타를 붙들어야겠다고 생각하는 게 아니다. 이거고 저거고 다 보류하고 가입 신청서만 받아내서 그다음은 모른 척한들 무슨 소용이 있겠나. 그래봤자 성가신 문제를 연기하는 것뿐이다. 회피는 좋아하고 생략은 아주 좋아한다. 그렇지만 연기는 좋아하지 않는다. 문제를 보고도 못 본 척한들 언젠가 처리해야 할 때 일이 더욱 성가셔질 뿐이다.

"빌 생각은 없는데."

"그럼 정면에서 설득?"

"그것도 귀찮아. 도대체가 나한테 말재주가 있을 것 같냐?"

"그러게. 주절주절 설득하는 것보다는 핵심을 찌르는 한마디로 단번에 끝장을 보는 타입이지."

그러더니 사토시는 입을 다물었다.

내 얼굴을 물끄러미 쳐다본다.

"아까 사정이 단순하지 않다고 했는데, 혹시 넌 오히나타가 탈퇴하는 이유를 규명하려는 거야?"

'규명'이라니 거창하기도 하다.

"지금까지 있었던 일을 돌이켜보려는 것뿐이야. 그냥 돌이켜보는 것만이라면 수고스러울 것도 없고."

사토시는 잠시 생각하듯 뜸을 들였다.

"……돌이켜본다. 그래, 그렇단 말이지. 그 이야기는, 호타로 넌 오히나타가 화나거나 슬퍼진 원인이 어제 방과후에만 있었다고 생각하지 않는다는 뜻이군. 원인이랄지, 유인誘因이랄지, 그런 게 따로 있다고 생각하는 거야."

제법 날카롭다.

나는 내가 어제 아무 짓도 하지 않았다는 것을 안다. 그럼 지탄다는 어떤가 하면, 이바라의 '부처 같은 사람이다'라는 증언을 차치하더라도 그 녀석과 이야기하다가 갑자기 심한 상처를 입거나 격한 노여움을 느끼거나 할까?

이렇게 말하면 뭐하지만 이바라라면 이해할 수 있다. 툭 던진 한마디가 촌철살인으로 숨통을 끊어놓는 일은 있을 법하다. 그러나 지탄다라면 고개가 갸웃거려진다.

생각할 수 있는 가능성은 원인이 어제 말고도 더 있었다는 것. 오히나타는 임시 가입한 이래로 뭔지는 몰라도 견디기 어려운 기분을 계속 맛봐야 했다는 것. 그게 쌓이다 못해 어제 한계에 달했다는 것.

"말릴 생각은 없다고 했지만…… 쉽지 않을걸."

"그러게."

"네가 아무리 기억을 떠올려봐도 그것만으로 필요한 정보가 모인다는 보증은 없어."

"그야 그렇겠지."

고전부원은 늘 모여 있는 게 아니거니와 나도 매일 동아리실에 가지는 않았다. 내가 보지 않은 것, 듣지 않은 것도 얼마든지 있을 것이다. 모든 게 내가 모르는 데서 시작되어 끝났다면 생각해본들 헛수고다.

다만 아직 사토시에게 말할 만한 단계는 아닌데, 조금 짚이는 데가 있었다. 오히나타가 임시 가입을 한 뒤로 한두 가지 묘하다 싶었던 게 없지는 않았다. 그 언저리를 찔러보면 뭔가 나올지도 모른다. 그것조차 잘못 생각하는 것일 수도 있지만, 뭐, 해봐서 나쁠 것은 없겠지 하는 생각이다. 어쨌거나 이십 킬로미터니 말이다. 그냥 뛰기에는 너무 길다.

나는 말했다.

"알고 싶은 게 나오면 물어보려고."

사토시가 의아스레 눈살을 찌푸렸다.

"묻는다고? 누구한테? 미리 말해두는데 난 이제 앞으로 갈 건데."

"그건 안다만 어디선가 마주치지 않겠냐. 그리고……."

가볍게 웃어 보였다.

"뒤에서 이바라하고 지탄다도 올 테고."

사토시는 순간 어리벙벙한 표정을 짓더니 어이없다는 듯 말했다.

"그거 너무하는데! 그런 생각을 했단 말이야? 총무 위원회가 열심히 준비한 호시가야 배를 대체 뭐라고 생각하는 거지?"

"마라톤 대회지."

역시 이바라와 지탄다의 이야기도 들어봐야 한다.

한편으로 오늘 중으로 오히나타와 접촉해야 한다.

두 가지를 양립시킬 수 있는 방법은 오로지 하나.

호시가야 배는 정체를 피하기 위해 학급별로 시간 차를 두고 출발한다. 나는 2학년 A반. 그리고 이바라는 분명 C반, 지탄다는 2학년 마지막 학급인 H반이었을 것이다. 내가 천천히 달리면 조만간 이바라가 따라잡을 것이다. 그리고 또 천천히 달리면 지탄다도 온다.

"오히나타는 몇 반이었지?"

"B반. 어쩐지, 아무리 그래도 너무 느리다 했더니만. 어휴, 안심했다. 난 오히려 안심했어. 그래, 그렇지, 호타로 네가 진심으로 끝까지 달릴 리 없지!"

사토시는 그렇게 말하며 웃는데 하여간 실례되는 소리다. 작년에는 제대로 달렸다. 도중 몇 킬로미터, 어쩌면 십 몇 킬로미터를 걸은 것은 사실이지만.

"속셈을 알았으니 이제 나도 슬슬 일해야지. 딴짓을 하는 데도 한도가 있으니까."

산악용 자전거에 올라탄다.

페달에 발을 얹고 출발하는가 싶더니만 사토시는 문득 주저하는 듯 보였다. 동작을 멈추고 나를 돌아본다.

"그렇지만 친구로서 이거 하나만 이야기할까. 호타로, 너무 다 떠안으려고 하지 마. 넌 평소 타인의 사정 따위 아무래도 상관없다고 생각하는 사람이니까, 오히나타 일도 원래는 아무런 책임도 없다는 사실을 잊지 말도록."

어째 그런 막말을. 그렇지만 무슨 말을 하고 싶은지는 안다. 내가 무슨 생각을 하고 어떤 것을 깨닫든 결국은 오히나타가 결정할 일이라는 뜻이리라. 당나귀를 물가로 데려갈 수는 있어도 물을 마시게 할 수는 없다. 아닌 게 아니라 기억해두어야 할 점일지도 모르겠다.

"난 그럼 간다. 코스 어디서 또 만나자고."

"그래."

사토시는 드디어 힘차게 페달을 밟았다. 비탈길에서 출발하는데도 산악용 자전거는 휘청거리지도 않고 순식간에 속도를 붙여 나아간다. 서서 페달을 밟으려는 눈치도 없다. 안장에 엉덩이를 딱 붙인 채 몸을 앞으로 숙인 자세로 멀어져간다.

좁은 보폭으로 느릿느릿 달리며 뒷모습을 배웅했다.

이바라와 지탄다의 이야기를 듣겠다고 했지만, 일은 그렇게 간단하지 않다.

녀석들이 나를 따라잡아도 그렇게 오래 이야기할 수 있을 것 같지 않다. 특히 이바라는 멈춰 서주지 않을 것이다. 아마 추월당하는 순간 한두 가지 질문하는 게 고작일 것이다.

생각나는 대로 다 질문하고 있을 시간은 없다. 따라잡히기 전에 무엇을 물을지 먼저 정리해놓지 않으면 기회를 날리게 된다.

올바른 질문을 하려면 올바른 이해가 필요하다. 그리고 여기서 올바르게 이해해야 할 것은 가미야마 고등학교 1학년 오히나타 도모코는 어떤 녀석인가 하는 점이다.

……기억난다. 어제 지탄다가 가고 난 뒤, 지학 교실에 남은 내게 이바라가 물었다.

—무슨 일이 있었던 건데?

대답하지 못한 내게 이바라는 이런 말을 덧붙였다.

—하기야 네가 알 리 없지. 넌 다른 사람을 안 보니까.

별 뜻 없이 한 말이다.

그러나 폐부를 찌르는 한마디였다.

단순히 어제 방과후에는 책을 읽고 있었기 때문이 아니다. 나는 오히나타에게 별다른 관심을 보이지 않았다. 내가 사람을 싫어한다고 사토시가 종종 말하는 것은 십중팔구 이런 태도를 일컫는 것이리라. 전면적으로 들어맞지는 않지만 틀리지도 않는다. 어쩌면 곁에서 보면 내가 오히나타를 일부러 멀리하는 것처럼 보였을 수도 있다.

나는 오히나타가 무엇을 기뻐하고 무엇에 상처 입는지 관심을 가져본 적이 거의 없었다. 그것은 곧 다른 사람을 경시

했다는 뜻이다. 지금이라도 만회할 수 있을까. 이 이십 킬로미터 동안에? 그냥 뛰기에는 너무 길다. 하지만 타인을 이해하는 데 충분한 거리인지 아닌지는 알 수 없다.

생각해볼 필요가 있다.

경사는 점점 가팔라지고 어느새 길 양옆으로 삼나무 숲이 이어지기 시작했다. 느릿느릿 달리는 나를 누가 또 추월한다.

오히나타를 처음 만난 것은 사월. 신입생 가입 권유 주간이었다.

1

가입 접수는 이쪽

1. 현재 : 1.4km 지점 : 남은 거리 18.6km

도로는 폭이 넓고 포장도 한 지 얼마 안 됐는데, 차가 한 대도 지나가지 않는다. 앞뒤로 보이는 것은 체육복을 입은 가미야마 고등학교 학생들뿐. 학교 뒷산에 난 길은 흡사 호시가야 배를 위해서 마련된 것 같다.

뒤에서 이바라가 따라올 터. 그전에 신입생 가입 권유 주간의 기억을 정확히 되살리고 싶다.

남은 시간이 얼마나 될까. 생각해본다.

선행하는 학급이 출발하고 나서 다음 학급이 출발하기까지 대체로 삼 분의 시간 차를 두었다. 내가 A반이고 이바라가 C

반이니 내가 육 분 앞섰다는 뜻이다.

초반 일 킬로미터는 주위 속도에 맞춰 달렸다. 오르막에 접어들어 사토시가 따라잡으면서 다소 늦어졌다. 평균 잡아 가벼운 조깅 정도의 속도로 뛴 셈일 것이다.

인간이 천천히 걷는 속도는 대략 시속 사 킬로미터라고 들은 적이 있다. 보통으로 뛰면 그 갑절이라는 것 같다. 저번에 읽은 소설에서는 시속 사 마일에 못 미친다고 누가 혼났다. 유감스럽게도 일 마일이 몇 킬로미터인지 기억이 불분명한 터라 참고가 되지 않는다. 어쨌거나 느린 걷기와 달리기의 딱 중간쯤이라고 생각하자. 시속 육 킬로미터. 이바라는 좀더 진지하게 달린다고 치고 시속 칠 킬로미터. 그렇다면 육 분 선행한 내가 이바라에게 추월당하는 게 몇 킬로미터 지점인가 하면.

……인가 하면.

나눗셈과 곱셈이 머릿속을 빙글빙글 돈다. 수학 성적은 특출하게 나쁘지 않거니와, 지금 하는 것은 수학 같은 수준 높은 게 아니라 산수다. 그러나 전부 암산으로 해결하려니 공책과 샤프펜슬을 쓸 때와 상황이 전혀 다르다. 게다가 나는 달리는 중이니 여느 때처럼 두뇌가 움직여줄 상태가 아니다. 답을 구하는 데 시간이 걸리는 것은 어쩔 수 없다. 그렇게 변명하며 거리와 시간과 속도의 공식을 이렇게 주무르고 저렇게 주무르고 했다.

그게 그러니까…… 아마 일 분에 십칠 미터쯤 거리가 좁혀질 것이다. 따라잡히는 것은 4.1킬로미터 지점. 두 사람의 거리를 어림하면…… 음, 뭐냐, 그렇게 떨어져 있지는 않겠다.

시간도 거리도 부족한 이 상황에 어느 정도 부족한지 계산하는 데 시간과 거리를 쓰고 말았다. 멍청한 짓이다. 허비한 그것들을 만회할 방법은 두 가지. 하나는 내가 좀더 진지하게 뛰는 것.

그리고 또 하나는 그날 기억을 되도록 신속하게 떠올리는 것이다.

그날은……. 분명 오늘과 마찬가지다. 날이 화창했다고 생각한다.

다만 오늘보다는 추웠을 게 분명하다.

2. 과거 : 42일 전

신입생 가입 권유 주간 마지막 날인 금요일을 특히 신칸제祭라고 부른다. 누가 이름을 붙인 것은 아니고 편리하다고 그렇게 부르는 모양이다.

특별 주간은 일주일간 내내 계속되었다.

월요일 방과후부터 신입생을 체육관에 모아놓고 오리엔테이션을 했다. 월요일은 학생회, 이어서 각 위원회. 화요일부터 드디어 특별 활동 동아리들이 무대에 올라 자신들의 활동이 얼마나 멋진지 경쟁적으로 어필했다. 단체 수가 많다 보니 오리엔테이션은 나흘에 걸쳐 개최되었다.

작년에도 비슷했을 텐데, 권유에 관심이 없었던 탓에 학교가 끝나면 바로 집에 가곤 했다. 올해는 권유하는 측이니 어느 정도는 적진을 정찰해야 할 것이다. 화요일에 지탄다를 따라 잠깐 체육관을 들여다보기로 했다.

각 단체에게 주어진 시간은 오 분. 그 시간에 연극부는 촌극을 상연하고, 복장 연구회는 패션쇼를 하고, 합창부와 아카펠라부는 음악성의 차이를 여실히 드러내고, 스포츠 계열인 육상부에 이르러서는 매트를 갖다 놓고 높이뛰기를 선보였다.

불리한 동아리도 있었다. 점술 연구회는 부원이 한 명뿐인데다 그 부원이 대중적 인기에 영합하는 것을 그다지 좋아하지 않았다. 차분한 목소리로 카발라의 역사를 간략하게 해설하고 곧바로 마이크를 내려놓았다. 조리 연구회도 유리하다고는 할 수 없었다. 체육관 무대 위에서 대뜸 요리를 시작할 수도 없는 노릇이다. 금요일에 있을 신칸제에서 산나물 요리를 먹게 해줄 테니 오라는 말만 하고 끝냈다. 바둑부는 바둑을 두었지만 이건 아무리 봐도 실수였다. 큰 바둑판이 있는 것도 아니니 그들이 어디에 바둑돌을 놓았는지 아무도 알지 못했다. 최소한 곁에서 알려주는 사람이 있었으면 좋았겠지만, 바둑부는 부원이 두 명뿐인 모양이다. 시간이 얼어붙어 썰렁해서 죽을 뻔했다.

그러나 바둑부를 불쌍해하고 있을 때가 아니다. 오 분은 의외로 길다.

고전부는 목요일에 시간을 배정받았다. 학년이 바뀌면서 사토시와 이바라는 바쁜지 동아리실에 거의 얼굴을 내비치지 못했지만 수요일만은 전원이 모였다.

"어쩔래?"

내가 그렇게 말한 것은 오 분씩이나 뭘 할 것이냐는 의미와 대체 뭘 하면 가능하겠느냐는 의미를 담아서였다.

"어쨌거나 잘해봐야지."

별로 잘해볼 마음이 없는 투로 이바라가 말했다.

"그래, 잘해보자."

"뭘 잘해보는데?"

맞장구를 쳤더니 그런 말이 돌아왔다. 네가 한 말 아니냐.

"어쨌거나 부장인데 원래라면 제가 고전부의 매력이 전달될 만한 이야기를 해야겠지만……."

지탄다도 말을 시원히 맺지 못한다. 하지 못한 말은 물론 '전달할 만한 매력이 뭐가 있는지 모르겠다'일 게 틀림없다. 게다가…….

"지탄다가 무대에 올라가서 가입을 권유한다고 누가 올 것 같지 않다만."

"잠깐, 그러는 넌?"

"아뇨, 괜찮아요."

대들려는 이바라를 지탄다가 말렸다.

"부탁하는 데 재주가 없다는 건 저도 자각하고 있으니까요."

지탄다는 밀어붙이는 성격이고 성의에도 모자람 없지만, 반면 밀어붙이기 일변도에 수를 쓸 줄 모른다. 설득 재료가 갖춰져 있다면 지탄다의 방식을 써먹는 것도 가능하겠지만, 공교롭게도 우리는 든 패가 아무것도 없다.

그렇지만 이바라 말대로 내가 할 소리는 아니다. 만약 내가 1학년들 앞으로 끌려 나간다면 '아무것도 안 하는 동아리지만 장소는 있으니까 혹시 오고 싶으면 오십시오. 환영은 하겠습니다' 정도밖에 말 못 할 게 틀림없다.

그렇다고 이바라에게 맡기는 것도 불안하다.

"지이가 부탁하는 재주가 없다는 생각은 해본 적 없는데. 난 안 해도 되는 말까지 해버리니까……."

본인도 아시는 것 같다.

그렇게 되면 남는 사람은 역시 한 명뿐이다.

사토시는 난감한 표정을 짓는 척했지만 눈이 웃고 있었다.

"그냥 적당히 해도 되지 않겠어? 다른 대안이 없는 거면, 나한테 맡겨주면 시간 때우는 것쯤은 할 수 있을 거야."

그렇게 해서 사토시가 나가기로 되었다.

"목요일은 그럼 됐다 치고, 금요일엔 어떻게 할지 정해줘. 불이나 전기를 사용할 거면 내일까지 신청해야 하거든."

사토시는 총무 위원답게 그런 말을 남기고 떠났다. 부위원장으로 뽑혀 바빴다는 것은 나중에 알았다.

그리고 목요일 방과후. 후쿠베 사토시는 고전부 대표로서 홀로 체육관 무대에 서서 "여기 오는 길에 공작부에서 망치질하는 소리가 '천하를 차지했다, 천하를 차지했다'로 들리던데•, 가입하는 사람이 많을 거란 징조라고 생각합니다. 안

• 일본어로 '천하를 자지하다'라는 말이 망치질 소리와 비슷하기 때문. 도쿠가와 막부 8대 쇼군과 관련된 라쿠고 작품 속 일화.

녕하세요, 고전부입니다" 하고 재치 있게 시작했다. 적절하게 유머를 곁들인 이야기는 그런대로 1학년들의 웃음을 자아냈고, 막힘없는 이야기는 사 분 삼십 초 만에 깔끔하게 맺어졌다. 띄엄띄엄 나오는 박수를 받으며 사토시가 퇴장하자, 다음 순서로 대기하고 있던 주산부가 바로 나왔다.

나는 오랜 친구의 위대한 재능에 새삼 감탄했다.

그도 그럴 것이 사토시의 이야기는 결국 고전부와 아무 관련 없는 것이었기 때문이다. 할말이 없어도 정해진 시간 동안 떠들 수 있다. 이건 이것대로 훌륭한 기술이고, 아무나 따라 할 수 있는 게 아니다.

그리고 금요일. 날씨가 아주 좋았다.

가미야마 고등학교 건물 정면에는 차 돌리는 곳이라고 할지, 앞마당이라고 할지, 관목을 심어놓은 공간이 있다. 점심시간에 각 동아리와 총무 위원회가 그곳에 테이블을 늘어놓았다. 나무 때문에 일렬로 똑바로 놓을 수 없어서 좌우로 테이블이 늘어선 구불구불한 길이 여러 개 생겨났다.

고전부에서는 내가 나갔다. 사토시는 총무 위원으로서 할 일이 있었고, '안 해도 되는 일은 안 한다'라지만 아무리 그래도 힘쓰는 일을 이바라나 지탄다에게 떠넘길 마음은 나지 않았다. 시키는 대로 테이블과 접는 의자를 날라다 놓는 것으로 점심시간은 끝났다.

완성된 회장을 오후 수업중 교실 창문으로 내려다보니, 테이블 수십 개가 놓인 앞마당이 어쩐지 미궁 같고 의미심장해 보였다.

하루 수업이 모두 끝났음을 알리는 종이 울리기 전부터 내가 있는 2학년 A반 교실은 들뜬 분위기에 휩싸여 있었다. 곳곳에서 "준비됐냐?"라느니 "우리가 맨 먼저" 같은 말을 소곤소곤 주고받는다. 성미 급한 녀석이 교실을 나서기도 전에 벌써 '필승' 완장을 찼다. 곰 인형을 책상 위에 올려놓은 녀석도 있다. 각각 무슨 동아리인지 짐작도 가지 않는다. 서두르는 이유는 안다. 꾸물대다가 1학년이 집에 가버렸다가는 준비한 게 전부 헛수고가 된다. 스타트 대시가 중요하다.

종이 울리고 방과후가 된다. 반 학생들은 눈사태를 일으키듯 교실에서 뛰쳐나갔다. 십중팔구 2, 3학년 교실 어디에서나 비슷한 광경이 벌어지고 있을 것이다. 본의는 아니지만 나도 눈사태 꽁무니에 붙었다.

테이블이 놓여 있을 뿐이던 앞마당에 순식간에 깃발이 서고, 포스터가 나붙고, 입간판이며 피켓이 우후죽순으로 솟는다. 언뜻 눈에 들어오는 글자만 해도 '오라 화학부 너와 나의 불꽃 반응', '청춘을 건다면 아아 그렇고말고 농구가 제일', '만드는 기쁨 입는 즐거움 복장 연구회', '蒼天已死 歷研當入', '한 명만 더 있으면 11인이 있다! 축구부'. 응원단은 단기團旗를 꺼내 오고 치어리딩부는 어깨를 싸고 둥글게 원을 그리며, 저쪽에서는 제과 연구회에서 홍차 향이 풍겨오는데 이쪽에서는 다도부가 양탄자를 깔고 야외 다회 준비에 여념이 없고, 똑같은 머리띠로 기합을 넣는 곳은 어디인가 했더니 방송부라는 식이다. 방과후를 알리는 종이 울린 지 십 분도 안 돼서 피리에 북에 난리가 났다.

3시 반부터 시작해서 6시까지 철수를 완료해야 한다. 고작해야 두 시간 출현하는 이 광란을 가리켜 신칸제라고 한다. '신칸'이 '신입생 환영'이 아니라 '신입생 가입 권유'을 줄인 말이라는 점이 이 학교답다.

대다수 동아리는 긴 테이블을 하나씩 사용하지만, 부원 수와 인기, 그리고 눈에 보이지 않는 정치적 요소에 의해 몇 개밖에 없는 대형 테이블을 배정받은 동아리도 있었다. 어디에 어느 동아리가 들어갈지 배치는 물론 사전에 정해져 있다. 고전부는 17번 테이블이라 했으므로 주위를 두리번거리며 찾는데 "오레키 씨, 이쪽이에요" 하고 지탄다가 불렀다.

기대는 별로 하지 않았지만 아니나 다를까, 17번 테이블은 회장 구석에 있었다. 테이블에는 붓글씨로 '고전부'라고 쓴 두꺼운 종이 패가 세워져 있다. 유려하면서 활달한 붓놀림이다. 확실히 간판이 없으면 뭐하는 동아리인지 알 수 없겠지만, 이런 준비를 한다는 말은 듣지 못했다. 내 표정을 읽었는지 지탄다가 난처한 듯 웃으며 말했다.

"급한 대로 점심시간에 만든 거예요. 좀더 귀엽게 만들면 좋았을 것 같은데, 아이디어가 없어서요."

그렇다면 지탄다의 글씨인가. 평소에는 좀더 네모반듯했던 것 같은데, 붓을 드니 의외로 편안하고 여유 있게 쓴다. 다만 본인 말대로 귀엽지는 않다. 이바라에게 무슨 캐릭터라도 그리게 했으면 좋았을지 모르지만 깨닫는 게 너무 늦었다.

접는 의자에 앉은 지탄다는 검은 코트를 입고 있었다. 단추를 잠그지 않아 세일러복 흰 칼라와 타이가 드러나 보인다. 나도 흰 트렌치코트를 벗지 않았다. 신칸제는 열기로 가득하지만, 올해는 사월이 되도록 아직 춥다. 주위를 둘러보니 권유하는 쪽, 권유받는 쪽 가릴 것 없이 대다수 학생이 방한복을 입고 있었다.

고전부 좌우로는 수묵화부와 하쿠닌잇슈부. 둘 다 테이블에 한 명밖에 없다. 가볍게 머리를 숙여 인사하며 틈새를 지나 테이블 안쪽으로 들어갔다. '고전부'라고 쓴 종이 패를 사이에 놓고 지탄다와 나란히 앉는다.

사토시는 여기에 올 수 없다. 위원회가 바쁜 모양이니 어쩔 수 없다. 그리고…….

"마야카 씨도 역시 못 오겠대요."

"만연?"

"그런 것 같은데, 그쪽으로 가는 것도 아닌 모양이에요."

나는 잠자코 고개를 끄덕였다. 만화 연구회에서 이바라의 입장이 더욱 미묘해졌다는 말은 들었다. 회장에서 만연 인간들과 마주치는 것조차 괴롭다는 뜻이리라. 하기야 이바라가 왔어도 곤란할 뻔했다. 운반할 때는 큰 줄 알았는데, 막상 그 앞에 앉아보니 긴 테이블은 별로 크지 않았다.

아니, 크지 않은 게 아니라 작다.

둘이 나란히 앉은 것만으로도 거리가 너무 가까워서 답답하다. 지탄다가 의자를 옆으로 옮겨주면 훨씬 편하겠으나, 공교롭게도 이 녀석은 타인과의 거리를 가늠하는 기준이 독특해서 어깨가 맞닿을 만큼 가까워도 신경쓰지 않는다.

나지막이 한숨을 내쉰다. 신경쓰지 말자. 우리만 비좁은 게 아니다. 예컨대, 보이는 범위에서만도 사진부와 글로벌 액트 클럽이 패널을 너무 많이 늘어놓고 자신들의 작품 속에 파묻혀 권유 활동을 하고 있다.

어쨌거나 앞을 보고 지나가는 신입생을 붙잡는 작업을 시작해야 할 때다.

주뼛거리는 한편 흥미진진한 표정을 띠고 중학생 티가 짙게 남아 있는 1학년이 띄엄띄엄 나타난다. 먹잇감이 왔다며 입맛을 다시는 소리가 어디서 들린 것 같다. 거짓 웃음이 신입생 가입 권유 회장을 메운다.

고전부도 질 수 없다. 자자, 거기 도련님들, 아가씨들, 여기 좀 보소. 급한 볼일 없으신 분은 들렀다들 가소. 유쾌 통쾌 상쾌한 고전부 가입 접수는 이쪽이오.

오 분 만에 싫증났다.

그도 그럴 것이, 아무도 멈춰 서지 않는다.

"붙잡으라니 대체 어떻게 붙잡으라는 거냐?"

눈앞을 지나치는 신입생을 보며 중얼거렸다. 지탄다는 손을 무릎 위에 살며시 올려놓은 자세로 나를 보지 않고 대답했다.

"끈끈이가 있으면 좋을 텐데요."

끈끈이라는 단어는 알지만 실물은 본 적이 없다. 적어도 잠자리채라고 하든지. 아니, 그보다…….

"새그물이 더 효율적이지 않겠냐."

"그럴지도 모르지만 위법 행위니까요."

"안 들켜."

"오레키 씨, 한밤중엔 빨간불을 무시하는 타입이신가요?"

"한밤중엔 안 돌아다니는 타입이다."

너무나도 비생산적인 대화에 비참한 기분마저 든다.

"넌 지킬 것 같군."

"전 한밤중에 돌아다니는 범위 내에 신호등이 없는 타입이에요."

좌우지간 비생산적이다.

이런 사태를 대비해 코트 주머니에 문고본을 넣어 왔다. 단편집을 읽는 중이다. 접수처 직원처럼 앞을 보고 앉은 지탄다에게 말했다.

"할 일도 없는데 난 책이라도 읽고 있으마."

그러자 지탄다는 그제야 나를 돌아보며 부드럽게 미소 지었다.

"안 돼요."

"그렇지만 아무도……."

"안 돼요. 얌전히 계세요."

알겠습니다. 꺼내던 문고본을 주머니에 도로 넣었다. 하기야 생각하면 한 명이 무관심하게 책이나 읽고 있으면 신입생도 말을 걸기 불편할 것 같다. 그렇다고 이대로 그냥 앉아 있은들 해 질 때가 되어오면서 추워질 뿐. 머리 뒤로 두 손을 깍지 꼈다.

할 일이 없어 보이는 것은 지탄다도 마찬가지다. 이 녀석이 아무리 책임감이 강해도 목석은 아니니 아무 일도 일어나지 않으면 심심할 것이다. 정면을 향하고 있던 얼굴을 약간 옆으로 돌리고 다른 곳들의 떠들썩한 권유 활동을 바라보는 것 같다.

사람들이 흘러간다. 그 모습을 바라보며 막연히 말했다.

"저주받은 장소란 게 있지."

"네, 있죠."

대뜸 대답하는 바람에 되레 말문이 막혔다.

이내 지탄다가 돌아보며 고개를 갸웃했다.

"그런 뜻 말고요?"

어떤 뜻을 말한 걸까. 깊이 생각하지 않기로 하고 접는 의자 등받이에 몸을 기댔다.

"그 왜, 있잖냐, 상가라든지 큰길가 같은 데서 다른 가게에 비해 특별히 입지가 나쁜 것도 아닌데 왜 그런지 여는 족족 가게가 망하는 곳. 걸핏하면 가게가 바뀌는데 하나같이 파리 날려. 그런 데가 있지 않느냐는 뜻이었다만."

"아아, 네, 무슨 말씀인지 알겠어요. 맨날 신장개업하는 장소. 간판이 바뀌면 신기하게도 전에는 무슨 가게였는지 생각나지 않죠."

"그러게. 건물을 헐고 공터만 남으면 거기에 건물이 있었는지 아닌지조차 가물가물하고."

지탄다는 고개를 끄덕이고 눈빛으로 뒷말을 재촉했다. 그 눈을 피하고 싶어 나도 모르게 얼굴을 살짝 돌렸다. 얼버무리듯 긴 테이블을 손등으로 톡 쳤다.

"여기도 그런 느낌이 든다."

"여기라는 건 이 장소 말씀인가요?"

"그래."

일부 테이블은 원형 덤불 가장자리를 따라 놓여 있다. 총무 위원회에서 나눠준 계획서에 따라 고전부는 그중 한 곳을 쓰도록 정해져 있었다. 그런데 아까부터 사람의 동선을 보다 보니 어째 불리한 위치 같다.

1학년이 출입하는 현관은 우리가 볼 때 뒤쪽에 위치한다. 이 소동에 관심을 보이지 않고 곧바로 교문으로 향하는 신입생은 고전부의 테이블을 보지도 못한다. 하지만 일단 뭐가 있는지 한번 볼까 하고 걸음을 옮기면 자연히 우리 앞을 지나가게 된다. 사람의 흐름만 본다면 그렇게 나쁜 위치는 아닐 터였다.

그런데 왜 그런지 1학년은 걸음을 멈추기는커녕 늦추지도 않는다. 지탄다가 쓴 고전부 종이 패에 눈길조차 주지 않는다.

"어째 멈춰 서기 불편한 분위기 아니냐?"

눈앞을 지나가는 학생들을 얼마 동안 바라보던 지탄다가 천천히 대답했다.

"말을 걸지 않는 게 가장 큰 문제가 아닐까 하는데요."

앞마당에는 온갖 동아리에서 1학년을 부르는 소리가 어지럽게 난무하고 있다. "오, 넌 퀴즈를 좋아할 것 같군. 퀴즈연을 찾고 있었지? 척 보면 안다. 자, 그럼 첫 번째 문제……." "영어 토론도 하니까 영어 성적은 물론 올라. 저절로 오른다고." "무슨 그런, 규칙부터 가르쳐주니까 그것만 외우면 간단해. 금하고 은의 움직임만 알면 되는 정도인걸." "요리를 못한다고? 뭐 어때? 못하는 걸 잘하게 되는 게 조리연인데. 동아리실로 오면 뭐 좀 만들어줄게." "천문부, 천문부는 이쪽! 별을 좋아하냐! 러브 플래닛! 단 기본적으로 하늘은 안 본다." 어느새 양옆에서 수묵화부와 하쿠닌잇슈부도 적극적으로 오가는 학생들을 불러 세우고 있었다.

아닌 게 아니라 입도 벙긋하지 않으면서 '아무도 멈춰 서 주지 않는다'고 징징대는 것은 조금 부당할지도 모르겠다.

하지만 한편 지탄다는 이렇게도 말했다.

"그렇지만 정면에 저게 있다는 건 좀 불리할지도 모르겠네요."

'저것'을 눈짓으로 가리킨다.

그것은 길을 따라 나아온 학생들 정면에서 대대적으로 펼쳐져 있었다.

깃발에 '티타임 있어요'이라고 씌어 있다. 올해 서기 연도와 더불어 고양이와 판다 마스코트를 비즈로 수놓은 공들여 만든 깃발이다. 홍차 향이 풍긴다. 테이블에는 보온병 두 개와 종이컵, 그리고 가입 접수 용지와 펜. 테이블 끄트머리에는 휴대용 가스레인지까지 가져다 놓고, 운동부 동아리에서 시합중에 입 대고 마시는 커다란 금색 주전자를 올려놓았다. 저 번쩍이는 주전자에 물이 십 리터는 더 들어갈 것 같다. 현재 가스레인지는 켜 있지 않았다.

무엇보다도 눈에 띄는 것은 가스레인지와 반대쪽 끄트머리에 놓인 호박. 한아름은 될 듯한 주황색 호박에 눈과 입 모양으로 구멍을 뚫어 핼러윈의 호박 장식을 만들었다. 핼러윈이 사월이었던가?

테이블 뒤에 앉은 부원은 여학생 두 명. 세일러복에 앞치마만 걸쳤다. 그런데도 추위 따위 범접하지 못할 만큼 의욕이

넘쳤다. 호박과 가스레인지 사이에 끼여 팔을 붕붕 휘두른다.

"자, 먹어라! 좋아하지, 쿠키! 그래, 좋아, 주마!"

"그런데 우리 쿠키엔 신기한 약이 들었거든. 자, 먹었지, 먹었겠다. 먹었으면 우리가 이긴 거. 넌 우리 동아리에 들어오고 싶어질 거야. 봐, 들어오고 싶어졌지. 들어오고 싶어서 죽겠지. 접수 용지는 이쪽이야."

"맞아, 이건 그런 쿠키야. 목이 메니까 홍차도 마셔."

그러면서 보온병을 들어 종이컵에 홍차를 따른다.

"아, 거기 너, 너 쿠키 좋아할 것 같은데."

"아, 진짜다. 멋진 쿠키 얼굴이야. 먹어. 이유는 따지지 말고 그냥 먹어."

저 두 사람은 어디서 본 적이 있는 것 같다. 어디서 봤지? 얼굴은 낯이 선데.

쿠키는 꽤 많이 준비해 왔는지 쉴 새 없이 나눠준다. 가입 권유가 잘돼가고 있는지 아닌지는 알 수 없지만, 그 앞에 멈춰 서는 학생은 많다.

"제과 연구회냐."

"네. 저쪽에 눈이 가면 아무래도 고전부를 못 보고 넘어가게 되죠."

에잇, 먹을 것으로 낚다니 비겁한 인간들이로다. 하기야 한낱 쿠키에 마음을 빼앗기는 경조부박한 작자들은 고전부에 어울리지 않느니. 근거도 없이 그런 선민주의적인 생각으로 분한 마음을 달래는데 지탄다가 어째 이상했다. 학생들로 북적이는 제과 연구회 테이블에 시선을 고정한 채 꼼짝도 하지 않는다.

이건 설마. 조심조심 말했다.

"지탄다."

"어? 아, 네, 왜요?"

놀라 돌아보는 지탄다에게 물었다.

"너 혹시……."

"네."

"쿠키가 먹고 싶은 거냐?"

지탄다는 잠시 생각하더니 진지한 표정으로 대답했다.

"먹고 싶지 않다고 말하면 거짓말이겠죠."

"갔다 와도 된다만."

"고맙습니다. 아뇨, 그보다……."

또 고개를 돌려 제과 연구회를 본다.

"어쩐지 이상하지 않나요?"

덩달아 나까지 한 번 더 보았다. 열을 올리는 두 사람. 보온병과 종이컵과 가입 접수 용지. 휴대용 가스레인지와 호박과 쿠키.

……이상하다면 이상한 데가 없는 것은 아니다. 바로 알 수 있는 것으로는 제과연 부원의 저 기세가 이상하다.

그렇지만 그것 말고도 이상한 점은 한두 가지 더 있었다.

"그러게. 이상하군."

경솔한 발언이었다. 지탄다가 별안간 휙 돌아보았다. 테이블이 워낙 작다 보니 갑자기 돌아보면 무심코 몸을 뒤로 빼게 될 만큼 가깝게 느껴진다.

"네? 어디가 이상한가요?"

"어디라니, 네가 말했잖냐, 이상하다고."

아니면 '이상해요. 제과 연구회니까 이 상해요'라는 고도의 지적 유희였나.

지탄다는 떠들썩한 쿠키 배포를 곁눈으로 보며 중얼거렸다.

"그렇기는 한데, 사실은 아까부터 어디가 이상한지 모르겠거든요. 이상하다 싶긴 한데 알 수가 없으니 답답해서……."

"아아, 그건 아마……."

"잠깐만요!"

말을 가로막는다. 하려던 말을 삼켰다.

"지금 생각하는 중이니까 말씀하지 마세요. 막연히는 알 것 같거든요."

말해달라는 말은 여러 번 들었지만 말하지 말라는 말은 별로 들어본 적이 없다. 별일 다 있다고 생각하며, 제과연을 응시하는 지탄다의 옆얼굴을 가까이서 지켜보았다.

이윽고 그 시선은 한곳에 고정되었다.

"호박이에요. 저 호박이 좀 다르다는 느낌이 들어요."

주황색 껍질에 세모꼴로 뚫은 눈, 톱니 모양으로 잘라낸 입. 어떻게 봐도 정통파 호박 초롱이지만 그에 착안한 심정은 이해한다.

그런데 그다음부터 엇나갔다.

"저 품종은 일본에서 허가를 못 받은 거라…… 아니네요, 평범한 페포 호박이에요."

"그러냐."

"가을이 제철이지만 보존을 잘하면 부패하지 않은 것도 이상하지 않아요."

"그렇군."

"상품 작물로선 아직 일반적이지는 않아요. 가미야마 시에는 생산하는 농가가 없을 거예요."

"그거 뜻밖인데."

"그렇지만 슈퍼에서 쉽게 살 수 있죠. 국산인지, 아니면 수

입품인지…….”

“왜 농산물로 보려는 건데!”

그런 점은 문제가 아니다. 이렇게까지 멋지게 빛나가면 잠자코 있는 게 나쁜 일처럼 여겨진다.

지탄다는 그 뒤로도 두세 마디 더 중얼거리더니 이윽고 나직이 한숨을 쉬었다.

“그 이상은 무리예요. 모르겠어요. 항복이에요. 어째서 저 호박이 이렇게 신경쓰이는지…….”

미안한 표정으로 수줍게 말한다.

“저, 신경쓰여요.”

평소 같으면 일이 성가셔졌다고 생각했을 것이다.

지탄다의 무궁무진한 호기심은 고전부에, 나아가 에너지 절약주의자인 내게 여러 번 성가신 일을 가져다주었다. 그중 다수는 냉정하게 생각해서, 해결하지 못했어도 개인적으로 손해는 아니었다. 그런데도 대개 마지막까지 어울려준 이유는 무엇인가. 나도 잘 모르겠다. 아마 지탄다의 큰 눈 때문이 아닐까 싶다.

하지만 오늘 이곳에서 지탄다가 신경쓰인다고 한 것은 딱히 성가신 일이 아니었다. 어쨌거나 나는 테이블 뒤에서 책을 읽는 것도 용납되지 않는 상황에, 일찍 철수할 수도 없다. 어차피 그냥 앉아 있기만 할 뿐이라면 이야기할 거리가 있는 것은 나쁘지 않다.

다만 지탄다가 말하는 '좀 다르다는 느낌'의 정체는 대체로 명백하다. 이야기가 오래 걸릴 것 같지 않다. 나는 말했다.

"저 호박, 크지."

지탄다는 고개를 갸웃했다.

"페포 종치고는 특별히 크다곤……."

표현이 적절치 않았다.

"한아름은 되겠지. 적어도 고전부 간판 노릇을 하는 이 종이 패보다는 크다."

종이 패를 눈짓으로 가리키자 그제야 납득한 듯 고개를 끄덕였다.

"그러네요. 큰데요."

"그게 테이블 끄트머리에 놓여 있고 반대쪽엔 휴대용 가스레인지도 있어. 그런데 그 둘 사이에서 제과연 두 사람이 있는 대로 설치면서 쿠키를 나눠주고 있지. 그리고 우리 테이블은 둘이 나란히 앉아 있는데도 비좁아."

"네? 비좁으셨어요?"

역시 그런 인식이 없었나.

인파 사이로 띄엄띄엄 보이는데다 약간 비스듬히 보는 형태라 거리감을 파악하기 어려웠을 것이다. 지탄다의 의문에 대한 대답은 실로 간단하다.

"제과연이 쓰는 테이블은 우리 것보다 커. 난 점심시간에 설치하러 나와서 안다만, 몇몇 동아리는 대형 테이블을 쓰고 있어. 넌 크기가 다른 테이블도 있다는 걸 몰랐어. 그래서 어색하게 느껴진 거 아니겠냐."

"네에……."

그렇게 중얼거린다.

그러나 지탄다의 표정은 밝아지지 않았다.

"테이블이 크다. 호박과 가스레인지의 거리에서 그걸 알 수 있다. 그러네요, 확실히 그 점은 알아차리지 못했어요. 하지만 그런 문제가 아닌 것 같거든요. ……그나저나 어째서 호박을 갖다 놨을까요?"

'어째서'를 묻는다는 말이지. 난제다.

"장식품을 갖다 놓는 데 이유가 필요하냐? 쿠키를 나눠주는데 핼러윈 장식품이면 딱히 잘못된 건 아니지 않냐."

계절감은 꽝이지만.

지탄다는 제과연에 시선을 주었다.

"표현을 바꿔볼게요. 저기에 호박이 없다면 어떻게 될까요?"

그 말을 듣고 상상해보았다. 휴대용 가스레인지니 호박이니 올려놓은 테이블에 만약 호박이 없다면.

"……꽤 깔끔하겠군."

"그렇죠?"

그러더니 나를 돌아보고 확인하듯 천천히 말했다.

"저 호박이 없으면 제과연은 좀더 공간을 넓게 쓸 수 있지 않았을까요?"

무슨 말을 하려는지 알 것 같았다.

장식에 불과한 호박을 놓아둠으로써 제과연은 자신들의 공간을 좁게 만들었다. 그런데도 두 사람은 별로 비좁아하는 기색이 없다.

즉, 제과연은 공간이 남아돈다는 뜻이다. ……그런데 어째서 대형 테이블이 주어진 건가.

"제과연에 대형 테이블을 주는 건 아깝다, 그런 말이냐?"

지탄다는 가볍게 고개를 내저었다.

"그런 말은 아니에요. 그렇지만 제과연은 저희가 쓰는 것과 같은 테이블로도 충분할 것 같거든요. 그런데 어째서 대형 테이블이 할당됐을까요?"

장소를 배분한 것은 총무 위원회다. 당연히 어느 동아리가 대형 테이블을 쓸지 정한 것도. 가령 취주악부처럼 식구가 많은 동아리가 대형 테이블을 쓴다면 부자연스럽지 않다. 하지만 제과 연구회는 식구가 많지 않다. 실제로 현재 가입 권유를 하고 있는 것은 두 명뿐이다.

그러니 이유는 그 밖에도 몇 가지 더 찾을 수 있을 것 같다.

"가능성 1. 대형 테이블 수가 많아서 본래 필요한 동아리 전부에게 주고도 남았다. 그래서 제과연한테도 주어졌다."

"그렇게 생각하세요?"

그냥 한번 해본 말에 솔직한 의문을 제기하는 바람에 말문이 막혔다.

"아니……."

"그렇죠. 만약 그런 거라면 사진부랑 꽃꽂이부 분들이 저렇게 고생하시는 건 이상해요."

사진부가 자기들 작품에 파묻혀 있는 것은 봤지만, 지탄다가 가리킨 꽃꽂이부는 사태가 훨씬 심각했다. 화려한 꽃꽂이 작품을 테이블에 줄줄이 늘어놓은 결과, 꽃꽂이라기보다 어째 밀림 같아지면서 정작 꽃꽂이부 부원은 얼굴도 보이지 않는다. 십중팔구 깊이 생각해보지 않고 한 사람당 한 작품씩 준비하는 바람에 막상 진열하려니 장소가 부족했을 것이다. 게다가 애초에 나는 대형 테이블이 몇 개밖에 없다는 사실을 알고 있다.

보통은 전시물이 많은 동아리에 대형 테이블을 주고, 제과연은 보통 사이즈의 긴 테이블을 쓰게 할 것이다. 그렇다면?

"가능성 2. 제과연은 총무 위원회에 연줄이 있어 뇌물을 주건 어쩌건 해서 대형 테이블을 차지했다."

이름하여, 신입생 가입 권유는 약육강식의 세계. 대책도 강구하지 않고 막연히 이날을 맞이한 자들이 멍청했다. 지탄다는 냉엄한 세상의 섭리를 비관하는지 잠시 슬픈 눈빛을 띠고 있었으나 이내 말했다.

"그렇게 해서 차지한 대형 테이블에 제과연 두 분은……."

"호박을 올려놨지."

안 되겠다. 근본적인 모순이 있다. 제대로 활용할 수 없다면 차지하는 의미가 없다.

굳이 따지자면 제과연이 대형 테이블을 사용함으로써 본래 그것을 획득했을 동아리가 불리해졌을 가능성은 있다. 즉, 제과연은 심술을 부리려고 대형 테이블을 확보했다는 가설이다. 논리적으로는 안 될 것도 없다. 하지만 논리적으로 불가능하지 않다는 것과 그게 진실이라는 것 사이에는 간극이 존재한다. 논리만 앞서는 그런 이야기를 나는 믿지 않거니와 지탄다도 그럴 것이다.

"방금 그건 취소. 가능성 3."

사실 내심 이게 진짜라고 생각하고 있었다. 두 개를 먼저 거론한 것은 뭐, 말하자면 시간 때우기 같은 것이다.

잠시 뜸을 들여보았다.

"제과연은 특수한 설비를 쓰겠다고 신청했기 때문에 안전을 위해 공간을 넓게 쓸 수 있는 대형 테이블을 할당받았어."

"그게 뭔데요?"

사용할 경우 사전 신고가 필요하다고 되어 있던 것.

"불이지. 휴대용 가스레인지."

그 말을 듣고 지탄다는 고개를 돌려 다시 제과연 테이블을 보았다.

"저걸 쓰기 때문에 제과연에 대형 테이블이 주어진 거다. 좁은 곳에서 불을 쓰면 위험하니 말이지. 그런데 가스레인지만 놓기엔 대형 테이블이 너무 넓었어. 그래서 호박을 올려놓고 외관상 균형을 맞췄어. 대충 그런 거 아니겠냐."

호박이 거기 있었던 이유는 이로써 설명될 것이다. 생각보다 오래 걸렸지만 이 정도면 지탄다도 납득할 것이다.

너무 만만하게 생각했다. 지탄다는 제과연의 테이블, 그리고 여전히 쿠키와 홍차를 닥치는 대로 나눠주는 제과연 부원들을 물끄러미 바라보고 있었다.

불안해질 만큼 시간이 흐른 뒤 지탄다가 천천히 돌아보았다.

"그렇군요, 훌륭해요, 라고 말씀드리고 싶지만……."

나도 지탄다가 보던 것을 보았다. 보온병. 종이컵, 휴대용 가스레인지와 주전자.

"저 가스레인지는 사용하고 있지 않은데요."

그러고 보니 지금은 불을 켜지 않았다. 그건 보면 알 수 있다.

그렇다고 지탄다의 주장이 말이 되는 것은 아니다.

"뭔 소리냐? 지금은 안 써도 나중에 쓰겠지."

지금은 보온병에 든 홍차를 종이컵에 따르고 있다. 하지만 계속 나눠주다 보면 언젠가 다 떨어질 것이다. 그때 저 가스레인지로 물을 끓일 것이다. ……유치원생도 알 수 있는 문제다!

지탄다가 느닷없이 얼굴을 들이댔다. 눈을 위로 치뜨고 시선을 맞춘다. 커다란 눈동자는 속마음까지 꿰뚫어 보는 것 같다.

"오레키 씨, 방금 절 바보라고 생각하셨죠."

"그렇지 않……."

"그럼 멍청이라고 생각하셨나요?"

유치원생도 알 수 있는 문제라고 생각했습니다.

지탄다는 내밀고 있던 몸을 뒤로 빼고 토라져 말했다.

"저도 아무 생각 없이 드린 말씀은 아니에요. 가만히 보다가 알았다고요."

지탄다는 시각과 청각과 후각이 발달했다. 미각도 발달했을지 모른다. 그런 오감으로 내가 알아차리지 못한 어떤 것을 알아차렸나.

"뭘 봤기에?"

"오레키 씨가 보시는 것과 같은 거예요."

삐쳐서 저러는 것은 아닐 테니 내게 도전한다는 뜻이다. 이것 봐라 싶어 눈에 힘주고 살펴보았다.

아닌 게 아니라 마음에 걸리는 데가 없지 않았다.

"……저 주전자는 새것이로군. 새것이라기보다 불에 얹어 놓은 적도 없을지 몰라."

그렇다고 앞으로 물 끓이는 데 사용되지 않을 것이라고 단정할 수는 없다. 슬쩍 보니 지탄다는 미소를 띤 채 아무 말도 하지 않았다.

역시 그다음이 있나.

"제과연은 홍차를 나눠주고 있다. 홍차는 보온병에 든 걸

종이컵에 따른다. 홍차가 없어지면 물론 홍차를 끓일 것이다."

아니, 아니다. 홍차는 끓이는 게 아니다. 아아, 그렇군. 제과연이 물을 끓인다 해도 그것만으로는 소용없다.

"알았다. 찻잎 이야기로군."

"네, 맞아요."

지탄다는 살짝 가슴을 펴는 듯했다.

"제과연이 나눠주는 건 쿠키와 홍차예요. 물을 끓인들 그걸 홍차로 만들지 않으면 그것만으로는 의미가 없어요. 그런데 저 테이블엔 찻잎이 보이지 않거든요. 다른 곳에서 미리 차를 우려 보온병에 담아 왔겠죠."

오감이 발달한 것은 인정해도 지탄다의 통찰력이 뛰어나다는 생각은 별로 해본 적이 없었다. 추월당한 게 분한 것은 아니었지만 트집을 잡아보았다.

"찻잎은 보온병에 들어 있을지도 모르지. 뜨거운 물만 부으면 바로 홍차가 되는 거야. 아니면 주전자에 넣어놨다든지."

말을 끝내기도 전에 지탄다의 눈이 동그래졌다.

"오레키 씨……. 설마, 홍차 우려본 적 없으세요?"

찍소리도 하지 못했다.

실은 그렇다. 커피에 관해서는 나름대로 취향도 있지만,

홍차는 자동판매기에서 가끔 사 마실 때를 제외하면 마신 적이 없다. 하물며 우리는 것은 말할 것도 없다. 인생의 빈곤함을 자백하는 것 같아서 그런 말은 못 하겠지만.

"그랬다간 점점 맛이 떫어져요. 그래서 거름망이 달린 찻주전자를 쓰거나 티 서버로 한 잔씩 우리거나 한답니다. 티백을 쓰더라도 어느 정도 시간이 지나면 건져야 해요."

"그러냐."

"네, 그래요."

그런 건가. 잘 알지 못하니 뭐라 말할 수 없지만, 어쨌거나 제과연 테이블 위에 찻잎도 홍차를 우리는 도구도 없다는 것은 알겠다.

그렇다면 홍차는 보온병에 준비해 온 게 전부고 현장에서 추가로 우릴 계획은 없다는 뜻이 된다.

이야기가 점점 더 기묘해졌다.

"그럼 이런 말이냐. 가스레인지를 준비했지만 제과연은 처음부터 그걸 쓸 생각이 없었다. 쓰지 않는 이상 저것도 호박하고 마찬가지로 그냥 장식이었다."

잠시 생각했다.

"그래도 가스레인지가 저기 있는 이상 '제과연은 가스레인지를 쓰겠다고 신청했기 때문에 안전을 위해 대형 테이블을 받았다'고 생각하는 게 타당할 테지. 이상한 건 가스레인지를 쓸 성싶지 않다는 점. 그럼…… 어떻게 되는 거냐?"

"어떻게 되는 걸까요?"

예상외로 성가셔졌다. 신간제 동안 시간 때우려고 참가한 것인데, 설마 오래 끌지는 않겠지. 불안에 사로잡혀 문득 지탄다에게서 시선을 뗐다. 지탄다도 동시에 시선을 돌렸다.

눈앞에 사람이 서 있었다.

봄인데도 까무잡잡하게 탄 피부. 짧게 자른 머리. 활발하고 늠름하다 할 이목구비와 차림새다. 볼륨 있는 점퍼의 열린 지퍼 사이로 세일러복이 보이지 않았으면 남자인지 여자인지 헛갈렸을 것이다. 나와 지탄다는 거의 동시에 여자애를 보았다. 지금이 신간제중임을 몰랐던 것은 아니지만 어차피 아무도 오지 않을 것이라고 생각해 방심하고 있었다. 언제부터 거기 있었을까.

허를 찔려 입도 벙긋 못 하는 우리에게 여자애는 점퍼 주머니에 손을 넣은 채 머리를 가볍게 숙였다.

"안녕하세요."

그러고는 씩 웃었다.

지탄다가 먼저 정신을 차렸다.

"아, 저, 혹시 가입을 원하시나요? 전 부장인 지탄다라고 해요."

점퍼 차림의 여자애는 웃음을 띤 채 대답했다.

"그런 건 아닌데, 여기저기 둘러보고 다니다가 재미있는 이야기를 하시길래 그만. 오히나타예요. 1학년이고요."

못 들어본 이름이다. '지탄다'만큼은 아니지만 흔치 않은 성이니 들어봤다면 기억할 것 같은데. 다만 그 부분은 나를 믿을 게 못 된다. 사람의 얼굴과 이름을 적극적으로 기억하는 편이 못 되는 터라.

그렇지만 어디서 본 얼굴 같다. 1학년이 낯이 익다면 이유는 하나뿐이다.

"가부라야 중학교냐?"

내게 시선을 돌린 오히나타는 기쁜 표정으로 웃으며 "네" 하고 고개를 끄덕였다. 꽤나 표정이 명확한 녀석이다.

"그래."

일단은 후배라는 뜻이다. 가부라야 중학교에 관해 한마디 해야 할까 싶었으나, 묻고 싶은 것도 이야기하고 싶은 것도 딱히 없었으므로 잠자코 있었다.

지탄다가 옆에서 말했다.

"어쨌거나 가입 권유중이니까요, 어떠세요? 저희는 고전부인데, 저, 이것저것 해요."

'이것저것 해요'는 괜찮았다.

"어째 어려울 것 같은데요. 한문 같은 거 읽는 거죠? 일본어라면 좋아하지만요."

"아뇨, 그런 건 잘 안 해요. 물론 하고 싶다면 가능하고요."

"네에, 그렇지만……."

어쩐지 건성으로 듣던 오히나타는 별안간 몸을 숙이고 지탄다 쪽으로 얼굴을 들이밀었다.

"제 친구가 자주 하는 말인데, 하던 일은 끝까지 해야 한대요. 선배, 결국 호박은 어떻게 된 거예요?"

"뭐?"

저런, 들었나.

"어디서부터 듣고 있었던 거냐?"

"음……."

입술을 꽉 다물고 잠시 생각한다.

"……쿠키를 먹고 싶으면 갔다 와도 된다는 데서부터요."

"처음부터 들었단 말이잖아요!"

지탄다가 비명을 지르듯 말했다. 놀라서 보니 똑똑히 알아볼 만큼 얼굴이 빨개졌다.

"전부 듣고 있었나요. 부끄럽네요."

부끄러운 이야기를 하고 있었던가?

뜻하지 않은 반응이었는지 오히나타도 다소 주춤했다.

"저, 죄송해요. 그럴 생각은 없었어요. 그저…… 호박이 어쨌다는 걸까 하고 멈춰 섰다가 이야기가 자꾸자꾸 진행돼서, 이 사람들 호박 가지고 어디까지 생각하는 걸까 싶어서, 그래서……."

머리를 꾸벅 숙였다.

"죄송해요."

"아니에요, 괜찮아요."

그러면서도 헛기침을 하듯 입을 손으로 가린다. 오히나타도 잠시 멋쩍은 표정이었으나 금세 원상태로 돌아왔다.

"그래서 호박은 어떻게 된 거예요?"

지탄다라면 또 몰라도 왜 이 1학년까지 그렇게 호기심을 불태우는 건가 싶기는 했지만, 어차피 도중까지 생각했던 일이다. 어디까지 이야기했는지 기억을 되살려보았다.

"분명히 가스레인지도 쓸 성싶지 않다는 데까지 이야기했지.

호박을 장식할 여유가 있는 건 저 녀석들이 대형 테이블을 쓰기 때문이다.

대형 테이블을 할당받은 건 가스레인지를 쓰겠다고 신청했기 때문이고.

그런데 실제론 가스레인지를 쓰고 있지 않아. 어째 이상하다. 이런 이야기지?"

지탄다를 보니 고개를 숙인 채 대답도 하지 않는다. 정말 부끄러운가 보다. 가입 이래로 지탄다는 여러 성가신 문제를 들고 왔지만 이런 모습은 처음 본다. 뭘 그렇게 신경쓰는지.

오히나타가 주위의 소음에 지지 않을 만큼 큰 목소리로 말했다.

"이렇게 생각하면 어떨까요? 저 사람들, 원래는 가스레인지를 쓸 생각이었어요. 홍차를 우리는 것 외의 이유로. 그런데 나중에 계획이 바뀌면서 필요 없어진 거예요. 그렇지만 쓴다고 말한 이상 일단 갖다 놔야 했던 거죠."

"그렇군."

즉석에서 추론이 나오는 것을 보면 정말 우리 이야기를 열심히 들은 모양이다. 하지만 맞는다고 할 수는 없다.

"그렇지만 녀석들이 홍차하고 과자를 나눠준다는 건 사전에 정해져 있었을 텐데. 적어도 오늘 갑자기 결정한 일은 아니지. 신칸제 때 홍차와 과자를 나눠주기로 해놓고, 그거하곤 별도로 가스레인지를 쓸 계획이 있었다고 생각하는 건 납득이 안 된다만."

"그건 모를 일이에요. 재료랑 차를 상비해두면 오늘 갑자기 정했어도 준비할 수 있을 거라고요. 아침에 미리 준비를 해두면 점심시간에 구울 수 있지 않을까요?"

아닌 게 아니라 제과연이니 쿠키 재료쯤은 상비하고 있을 수도 있다. 하지만 문제는 그게 아니다. 나는 손을 들어 한 곳을 가리켰다.

"쿠키는 그렇겠지. 그렇지만 저 깃발은 오늘 결정해서 바로 만들 수 있는 게 아니야."

'티타임 있어요' 깃발에 비즈를 사용해 수를 놓았다. 수업 틈틈이 저렇게 손이 많이 가는 깃발을 만들기는 쉽지 않다.

"전부터 신간제 때 '티타임'을 하기로 돼 있었기 때문에 시간을 들여 저런 걸 만들 수 있었던 거다."

"에에엥."

오히나타는 불만인 것 같다.

"응, 듣고 보니 그러네요. 어려운데요, 이거."

표정을 보니 잘못했다 싶었다. 오히나타에게 진실을 밝혀 줄 책임은 딱히 없으니 '그럴지도 모르지'라고 했으면 간단했을 텐데. 에너지 절약주의자로서 선택을 그르쳤다.

"그럼, 음……."

생각에 잠겼다. 호박이 묘하다고 생각했던 사람은 오히나타가 아니건만 꽤나 열심이다. 하던 일은 끝까지 해야 한다더니, 그게 정말 이 녀석 신조일 수도 있겠다.

생각나는 게 없는지 오히나타는 원망스러운 눈빛으로 제과연을 노려보았다.

"저런 거, 나쁜 사람들이 분명해요."

"나쁜 사람이라니 너무하는군. 저래 봬도 녀석들 과자는 그럭저럭 먹을 만하다."

"나눠주러 왔었어요?"

"학교 축제 때 팔러 왔더라. 그런데 왜 나쁜 사람이라는 거냐?"

오히나타는 또다시 제과연을 빤히 보더니 가슴을 펴고 말했다.

"친구가 그러는데, 이름표가 없는 건 뒤가 구린 녀석이래요."

그런가. 나도 아무데서나 가슴에 '오레키 호타로'라고 이름표 달고 다니는 것은 사절하고 싶다만. 아니면 무슨 비유일까.

뭐라 대답하면 좋을지 몰라 당황하는데, 지탄다가 느닷없이 얼굴을 들었다.

"그거예요!"

"어? 뭐, 뭐가?"

"오히나타 씨라고 하셨죠? 훌륭해요, 정말로 그게 문제예요!"

오히나타가 놀라 뒷걸음쳤다. 지탄다, 순진한 신입생을 너무 겁주지 마라.

"뭐가 그거란 거냐?"

지탄다는 강한 시선을 내 쪽으로 돌렸다.

"호박이 놓여 있는 게 이상한 거예요."

"그러니까 지금 그 이야기를 하고 있잖냐."

"아뇨, 그렇지 않아요. 제가 말씀드리는 건 이거예요."

지탄다가 가리킨 것은 우리 테이블에 올려놓은 단 하나의 가입 권유 도구. '고전부'라고 쓴 이름 패.

"뭐가 이상하다 싶었어요. 제과연에 뭔가 빠진 게 있다고."

열을 올리는 지탄다에게 오히나타가 머뭇머뭇 물었다.

"저…… 아까부터 '제과연'이라고 하시는데, 뭘 줄인 말인가요?"

"그거 보세요!"

그 말을 듣고 그제야 깨달았다. 그래, 제과연에는 당연히 있어야 할 게 없다.

이럴 수가. 가미야마 고등학교에 어중되게 익숙해진 탓에 못 알아차렸다. 나는 저 방방 뜨는 두 사람을 보면 제과 연구회라는 것을 바로 안다. 그러나.

"그래, 간판이 없군. 저 테이블에도 깃발에도 '제과 연구회'란 게 안 밝혀져 있어."

"그래요. 가입을 권유하는 데 있어 가장 중요한, 여기가 어떤 동아리란 걸 가리키는 건 하나도 없으면서 호박 같은 걸 가져다놨다는 게 마음에 걸렸던 거예요!"

"제과 연구회였군요" 하며 고개를 끄덕이는 오히나타를 무시하고 생각해보았다.

실수일까. 아니, 그건 아닐 것이다. 저런 깃발을 만들 만큼 신칸제에 열의를 보이면서 동아리 이름을 빠뜨리다니 너무 얼빠진 이야기다.

그렇다면 오히나타 말이 맞나? 제과연은 정말 뒤가 구려서 이름을 표시하지 않았나? 뒤가 구리다니? 도대체 누구에 대해 뒤가 구리다는 말인가?

그것은 가스레인지를 사용한다고 신청해놓고 쓰지 않는 것과 관계있나?

몇 곳에서 호객하는 소리가 들린다. 퀴즈연, 토론부, 사진부, 꽃꽂이부, 조리연, 천문부, 그리고 물론 제과 연구회.

"오레키 씨……."

지탄다가 부르는 소리에 정신이 들었다.

어쩐지 알 듯했다.

"저기 호박이 있는 건 저 테이블이 제과연의 장소가 아니기 때문이야."

대뜸 단언했다.

당연한 일이지만 생략한 부분이 너무 많아 지탄다가 어리벙벙한 표정을 지었다.

"장소가 아니라니요?"

"그건…… 차례대로 설명하는 게 좋겠지."

이야기를 구성하는 동안 입을 다물었다.

"그러니까 이렇게 된 이야기야.

휴대용 가스레인지를 쓰겠다고 신청한 동아리가 있었기 때문에 대형 테이블이 주어졌다. 그런데 당일 그 테이블에 온 제과연은 가스레인지가 필요하지 않았다. 이유는 무엇인가.

가스레인지 사용을 신청한 동아리는 제과연이 아니었기 때문이야."

"그럼……."

지탄다가 입가에 손을 댔다.

"가로챘다는 말씀인가요?"

저 태평한 제과연 2인조가? 아니, 그런 게 아니다.

"교환했다는 말이야. 제과연한테 주어진 장소하고 가스레인지를 신청했던 동아리의 장소를.

그럼 '가스레인지 사용을 신청해놓고 당일에는 사용하는 낌새도 없다'는 게 말이 돼. 제과연은 원래 대형 테이블을 쓸 생각이 없었으니 자리를 채우기 위해 호박을 가져왔어. 간판이 없는 것도 그 때문이야. 배정을 무시하고 임의로 장소를 교환했으니 동아리 이름을 내걸 수 없었겠지. 총무 위원회한테 들키면 안 되니까."

바로 믿기지는 않는지 지탄다가 고개를 내저었다.

"그, 그렇지만 그럼 원래 저 테이블을 쓸 예정이던 동아리는 손해 아닌가요? 어째서 그런 일을……."

그 물음에는 직접 대답하지 않고 쉰 개가 넘는 동아리가 다닥다닥 붙어 있는 앞마당을 손으로 빙 둘러 가리켰다.

"이 중에 가스레인지를 써야 했는데 안 쓰는 동아리가 있다."

옆에서 오히나타가 놀렸다.

"뭘 그렇게 에둘러 말씀하세요? 암만 그래도 불 쓰는 동아리가 그렇게 많을 리 없다고요."

신입생아, 너는 가미야마 고등학교 동아리의 다채로움을 만만히 보는구나. 어디서 무슨 짓을 할지 알 수 없다. 자칫 잘못하면 고전부가 야채 튀김 덮밥과 돼지고기 된장국을 나눠주고 있었을지도 모르는 게 이 학교다.

어쨌거나 대폭으로 좁혀지는 것은 확실하다.

지탄다가 중얼거렸다.

"아…… 그러네요. 어째서 깜박했을까요."

체육관에서 한 오리엔테이션은 지탄다도 보았다. 기억력은 나보다 지탄다가 좋으니 기억하고 있어도 이상할 것 없다.

"조리연이군요. 신칸제에서 산나물 요리를 먹게 해주겠다고 했죠."

나는 고개를 끄덕였다.

조리연은 신입생들에게 음식을 주고 있나. 아니, 아무것도 없다. 지금도 눈앞에서 신입생에게 "동아리실로 오면 뭐 좀 만들어줄게"라고 하고 있다.

"재료를 못 구했을까요?"

"산나물을? 그 때문에 제과연한테 대형 테이블을 양보할 비에야 다른 길 적당히 급소하지 않겠냐?"

"급조라니요, 있는 재료로 뭔가 만들었을 거라고 말씀해주세요."

"있는 재료로 뭔가 만들었겠지."

지탄다가 노려보았다. 자기가 말하라고 해서 말했건만.

"그게 아니야. 더 큰 실수일 거다. 도저히 요리를 신입생한테 나눠줄 수 없게 된 거지."

"떫은맛이 덜 빠졌을까요? 그래서 못 먹게 된 거예요."

"그래봤자 마찬가지야. 그건 버리고 있는 재료로 새로 만들면 그만 아니냐. 설사 있는 재료를 다 써버렸다손 쳐도, 그렇다고 대형 테이블을 포기할 이유는 되지 않지.

조리연은 제과연하고 테이블을 맞바꿔서라도 감춰야 하는 실수를 저지른 거다. 배치대로 대형 테이블을 사용하면서 가스레인지를 올려놓았다가 지나가는 녀석이 '조리연은 왜 가스레인지까지 갖다 놓고 음식을 주지 않는 거지'라고 생각하면 곤란한 실패를. 내기해도 좋아. 조리연도 제과연처럼 간판이 없을 거다."

오히나타도 이름표가 없는 것은 뒤가 구린 녀석이라고 말했다.

어느새 내 목소리는 작아져 있었다. 떠들썩한 가운데 잘 들리지 않는지 지탄다의 얼굴이 가까이 있다. 오히나타까지 몸을 내밀고 볕에 탄 얼굴을 들이밀고 있다. 소곤소곤 물은 것은 오히나타였다.

"그런 실수가 과연 있을까요? 이런 말 하긴 그렇지만 그래 봤자 동아리 요리잖아요. 무슨 일을 한들 그렇게, 어떻게든 숨겨야 할 만큼 큰 실수가……."

있을 리 없다고 생각한다면 역시 만만히 보는 것이다.

"먹을 걸 다룬단 말이다. 음식점이었으면 단박에 영업 정지당할 엄청난 실수가 있을 텐데."

"설마……."

나는 고개를 끄덕이고 한층 목소리를 낮추었다.

"식중독이다."

3. 현재 : 4.1km 지점 : 남은 거리 15.9km

결국 그날 내 생각은 어느 정도 맞았고, 산나물을 준비하지 못했다는 지탄다의 생각도 일부는 들어맞았다.

조리연은 산나물 밑준비를 잘못했던 것이다. 원래 고사리 된장국을 낼 예정이었는데, 점심시간에 시식한 부원이 복통을 일으켰다고 한다.

식중독 발생을 은폐하려 했다면 보건실에도 가지 않았을

가능성이 높다. 내가 그렇게 말하자 지탄다는 바로 뛰쳐나갔다. 지탄다는 그 시점에서 이미 산나물에 의한 식중독일 가능성을 떠올리고 정말 그런 사태라면 대충 넘어갈 일이 아니라고 판단한 모양이다.

"도움이 필요할 수도 있어요"라고 했는데, 그렇다고 신칸제 테이블을 비우는 것도 좀 그렇다. 망설이고 있노라니 "아, 그럼 제가 같이 갈게요"라며 오히나타가 따라갔다. 그 후의 경위는 오히나타에게 들었다.

"지탄다 선배, 서슴없이 조리 실습실로 들어가던걸요. 조리연 사람들은 처음엔 잡아떼려고 했는데, 선배가 다 알고 왔다는 식으로 들은 척도 않고 배탈 난 사람을 끌어냈어요. 잘은 몰라도 조리연에 아는 사람이 있었는지 의외로 간단했어요."

"지탄다는 아는 사람이 없는 데가 없어. 그래서 용태는 어떻더냐?"

"안 좋았어요. 집에 보내고 싶은데 상태가 진정될 때까진 그것도 여의치 않은 것 같더라고요. 증상을 확인하더니 선배가 나가서 예비 의사 같은 사람을 데려왔어요. 집이 병원이라는데, 멋있는 사람이었지만 엄청 성가셔하는 것 같았어요."

십중팔구 이리스 선배일 것이다. 성가셔하는 것 같았다고 하지만, 아마 평소와 다름없는 태도였을 것이다.

"소금물로 게워내게 한 다음 '상태를 지켜보다가 더 나빠지면 우리 병원으로 데려가마'라고 했어요. 병원에 갔으면 그걸로 끝장인 거죠?"

"식중독이 발생하면 의사는 보건소에 통보하니까."

"그거 의무인가요? 비밀 엄수 의무도 있지 않아요?"

"몰라."

"그렇지만 다행히 토하더니 나았어요."

다행이다.

조리연의 실수는 발각되지 않았다. 오히나타에 따르면, 지탄다는 조리연의 은폐 공작을 눈감아주는 대신 꽤 혹독한 말씨로 산나물의 손질법을 지도했다고 한다.

나는 그동안 이제 정말로 아무도 오지 않게 된 고전부 테이블에서 단편집을 읽고 있었다.

사태가 일단락된 뒤, 오히나타는 처음 우리에게 보였던 것처럼 이를 드러내며 씩 웃고 말했다.

"저 가입할게요. 그런데 무슨 동아리였죠?"

지탄다가 물었던 것 같다.

"괜찮은가요? 아직 아무런 설명도 하지 않았는데요."

"괜찮아요."

그러더니 나와 지탄다를 차례대로 보며 또 웃었다.

"어째 친근한 분위기도 나고 말이에요. 전 사이좋은 사람들 볼 때가 제일 행복하거든요."

그에 관해 내가 무슨 말을 했는지는 기억에 없다.

비탈은 어느새 가팔라져 나를 앞지르는 동급생들 중에도 가쁜 숨을 몰아쉬는 녀석이 늘었다. 그러려고 한 것은 아닌데 어느덧 걷고 있었다. 생각에 너무 몰두한 모양이다.

1학년 때 같은 반이었던 남학생이 옆을 달려 지나간다. 녀석은 분명 2학년 C반으로 갔다고 기억한다. C반이 따라잡은 것이다. 그것도 방금 알아차렸을 정도이니 꽤 오래전부터 따라잡혔을 수도 있다.

이바라는 어떻게 됐나 하고 돌아보니 긴 비탈길을 한없이 늘어서서 달리는 가미 고 학생들의 모습이 근면한 개미로 보였다. 나도 너무 걷기만 했다가는 장차 베짱이처럼 초라하게 죽을지 모른다. 고개를 되돌려 길 끝을 올려다보자 비탈 정상이 멀지 않은 곳에 보였다. 결국 이 언덕의 오르막은 대부분 도보로 이동한 것 같다. 뭐, 예상대로라고도 할 수 있지만 이바라와의 거리를 가늠할 수 없게 된 것은 문제다.

정상까지 얼마 남지 않은 비탈은 잃은 시간을 벌충하듯 보통 속도로 뛰어 올라갔다. 시야가 트이자 기분 탓인지 시원한 바람이 불었다. 꼭대기까지 올라가면 바로 내리막이 시작된다고 기억하고 있었는데 아니었다. 백 미터쯤 평탄한 길이 이어진다. 길가에 작은 사당이 있었다. 무엇을 모셨는지는 알 수 없지만 일단 속으로 합장을 했다. 갈 길은 멀고 현안은 많다. 곤란할 때 신 찾기라는 그거다.

길 양옆으로 산을 깎아 민가 몇 채가 늘어서 있다. 벽 색깔로 보건대 오래된 것 같다. 새 자동판매기 한 대가 동그마니 있는 게 우스꽝스러운 느낌이다.

평지에서는 천천히 걷기로 했다. 가파른 오르막길을 올라온 뒤라 그런지 나 말고도 걷는 녀석은 많았다. 덩치 큰 남학생이 비탈 밑에서 펄쩍 뛰듯 올라오더니 “어우” 하며 숨을 돌리고는 무릎에 손을 얹고 멈춰 섰다. 이 비탈만은 전력 달리기로 올라오겠다고 마음먹었는지 모르겠지만, 저래서 과연 끝까지 버틸 수 있을지. 코스는 이제 막 시작됐다.

아무런 근거도 없지만 이바라는 아직 내 뒤에 있다고 단정했다. 추월당한다면 이 짧은 평탄한 길이 좋을 것이다. 이 앞 내리막길에서 따라잡히면 이야기를 하기 힘들 것 같다. 어떻게든 이 구간에서 만나려고 느릿느릿 발을 움식인다.

이바라라.

이바라는 오히나타가 가입한다는 것을 알고 어떤 반응을 보였더라.

사토시는 기억난다. 여느 때처럼 과장된 말투로 한 명만이라도 가입한 것을 축하했을 것이다. "이런, 세상에, 호타로 네가 남한테 뭘 권하는 게 상상이 안 되니 말이지, 이건 정말 기적인걸"이라나 뭐라나. 그리고 오히나타에게는 가부라야 중학교에 어떤 변화가 있었고 누가 전근했는지 등등을 물었다.

이바라에 관해서는 그런 인상이 별로 없다. 어느새 친해져 있었다. 하기야 이바라는 지탄다와도 눈 깜짝할 새에 가까워졌다. 타인을 대할 때 뾰족하게 날이 서 있다는 이미지가 강하지만, 의외로 낯을 안 가리는 편일지도 모르겠다. 키는 오히나타가 훨씬 큰데도 나란히 이야기하는 모습을 보면 이바라가 선배로 보이니 이상한 일이다.

"히나는 그냥 보면 운동부 같더라. 피부도 탔고."

그게 언제였던가, 이바라가 그런 말을 했을 때 오히나타는 부끄러워했다.

"스키장 가서 타긴 했지만 원래 까만 것도 있어요."

"저런, 스키 타는구나. 이 근처에서?"

"근처에서도 타고, 올해는 이와테에도 갔었어요."

"스노보드는 안 타고?"

"네, 전 스키. 선배는 스노보드예요?"

"둘 다 못 타."

그런 이렇다 할 것 없는 대화가 생각났다.

둘 다 곧잘 웃었다는 기억이 있다.

몇 번씩 뒤를 돌아보며 걸어간다.

예상이 적중했다. 평탄한 길 중반쯤에 이르렀을 때, 비탈에서 이바라가 얼굴을 내밀었다.

구부린 팔을 옆구리에 딱 붙이고 눈은 발치를 보고 있다. 고개를 숙이고 있으니 앞머리가 내려와 얼굴이 보이지 않는다. 급경사를 진지하게 뛰어 올라왔는지 호흡이 거친 것을 알겠다. 보폭은 좁았지만 평탄한 길에 접어들자 팔을 흔드는 폭이 커졌다. 리드미컬하게 달려온다.

나도 팔을 들고 달리기 시작했다.

쫓아오는 이바라와 속도를 맞춰 사람 한 명만큼의 간격을 두고 나란히 섰다.

"이바라."

말을 걸자 눈만 내 쪽으로 향했다.

아니나 다를까, 이바라는 아무 말 없이 속력을 높였다. 그럴 것이라는 확신이 있었던 터라 뒤처지지 않고 따라붙었다.

"한마디만 하면 돼. 이바라, 한마디면 끝난다. 오히나타 일로."

이바라는 그래도 나를 보려 하지 않았다. 다만 호흡에 섞여 "말해"라는 말이 들려왔다.

물어볼 것은 정해져 있었다.

"어제 동아리실에서 나오는 오히나타하고 마주쳤다지? 그때 고전부를 그만둔다는 말을 들었다고."

가볍게 고개를 끄덕인다.

"그때 오히나타는 지탄다에 관해 무슨 말을 한 거냐? 사토시한테 들었다. '부처님 같은 사람'이라고 했다는 말. 정말 한 자도 틀림없이 그렇게 말한 거냐?"

그제야 이바라가 나를 돌아보았다. 힘들어 보이는 눈에 한 순간 곤혹의 빛이 떠오른 듯했다.

시선은 금세 발치로 돌아갔다. 경사가 없는 동안 숨을 고르려는 건지 호흡이 길다.

싫어할 것이라 생각해서 일부러 간격을 두었는데 이바라 쪽에서 갑자기 다가왔다. 몇 미터 나란히 달리는 동안 대화를 끊지 않고 대답해주었다.

나는 속도를 늦추었다. 이바라는 페이스를 유지한 채 내리막길에 접어들어 사라졌다.

귓전에 목소리가 남아 있다. 이바라는 이렇게 말했다.

"아냐. 히나가 한 말은 '지탄다 선배는 보면 꼭 보살 같네요'였어."

2

친구는 축하해주어야 한다

1. 현재 : 5.2km 지점 : 남은 거리 14.8km

내리막길을 가는 동안은 머리를 쓸 수 없다.

고생해서 올라왔건만 그렇게 해서 얻은 고도를 단숨에 소비해 달려 내려간다. 이게 스스로 선택한 길이었다면 어차피 내려갈 거 뭐하러 올라왔느냐며 에너지 낭비를 심히 반성했을 것이다.

올라올 때는 대부분 완만한 경사가 이어졌는데, 내려가는 길은 히요도리 고개도 이랬을까 싶을 만큼 가파른 비탈이었다. 또다시 삼나무 숲이 길 좌우를 가로막아 시야가 나빠졌다. 자칫 가속도가 붙었다가는 굴러떨어질 것처럼 경사가 급해, 한 발짝 내디딜 때마다 발소리가 달랐다. 멍하니 달리다 보면 소리가 날 만큼 스니커가 아스팔트에 세게 부딪힌다. 이런 식으로 뛰면 무릎이 버티지 못한다. 자연히 보폭이 줄어들고 주의하며 달리게 되었다.

여기서는 뛴다. 너무 빨리 뛰면 다리를 다친다지만 내리막길이 속도를 내기 쉽다는 것은 당연한 이치다. 20킬로미터 코스 중간중간 진지하게 달릴 구간을 만들어놓지 않으면 해 떨어지기 전에 못 돌아갈 것이다.

그러므로 내리막은 달리는 데 집중한다.

그러나 이바라의 기묘한 말, 이바라가 들었다는 오히나타의 말만은 의식 속을 맴돌고 있었다.

보살 같다. 보살 같다.

상서로운 명사에서 어딘지 모르게 냉랭함이 느껴지는데, 비탈이 하도 가팔라 말에 담긴 의미를 생각하지 못하겠다.

내리막길은 한차례 크게 커브를 돈다. 순조롭게 나를 추월했던 남학생이 가속도가 지나치게 붙은 탓에 바깥으로 크게 쏠렸다. 잠시 비틀거리며 자세를 가다듬는다. 그러고 보니 앞뒤를 달리는 가미야마 고등학생들이 아스팔트를 딛는 발소리가 띄엄띄엄 끊임없이 들려온다.

별생각 없이 아웃 · 인 · 아웃코스로 커브를 돌자 정면에 시야가 트였다. 아직 눈이 남아 있는 가미카키우치 연봉의 산들이 멀리 보인다. 그곳에서 겨울바람이 불어오는 것도 아니겠건만 문득 선득함이 느껴졌다.

사토시가 산악용 자전거로 앞질러 갔고, 이바라도 가버렸다. 지탄다가 쫓아오기 전에 좀더 정리해놓아야 할 것도 있다.

언덕을 끝까지 내려가 길이 평탄해지자 바로 걸음을 늦추었다.

오히나타와 단둘이 오래 이야기해본 기억은 없다. 하지만 오히나타의 가입을 계기로 이전 같았으면 생각도 할 수 없었을 일이 한 가지 일어났다. 나와 오히나타의 관계가 아니라 지탄다와 오히나타의 관계에 문제가 있는 것이라면, 어쩌면 매우 중대한 일이었을 수도 있다.

그날 일은 별로 떠올리고 싶지 않다. 뭐랄지, 등에 식은땀이 흐를 정도는 아니지만 지금도 좌불안석하던 느낌이 남아 있는 것 같다.

날짜와 요일도 똑똑히 기억난다.

토요일이었다.

2. 과거 : 27일 전

늘어진 아침이었다.

달력 관계로 올해 골든위크는 징검다리처럼 껑충껑충 건너뛰었지만 그래도 사흘 연휴는 있어, 그 전날 나는 꽤 늦게 잤다. 딱히 뭘 한 것은 아니고 그저 연휴 전이라는 이유로 책을 읽고 텔레비전을 보았다.

점심 전에 부스스 일어나 나오니 거실에 아무도 없었다. 아버지가 출근한다는 것은 알고 있었지만 누나가 어쩌고 있는지는 알지 못했다. 집에 있을 수도 있고, 일본에 없을 수도 있다. 거리낌 없이 크게 하품하며 소파에 털썩 주저앉았다.

나지막한 테이블에 텔레비전 리모컨이 놓여 있다. 일단 텔레비전을 켜고 채널을 돌려보지만 딱히 재미있어 보이는 게 없다. 게다가 아직 잠이 덜 깼으니 텔레비전 소리가 시끄럽게 느껴진다. 방에서 읽던 문고본을 가져왔던 터라 소파에 푹 기대앉아 책을 폈다.

한 줄도 읽기 전에 얼굴을 들고 혼잣말을 중얼거렸다.

"어둡군."

커튼이 쳐져 있다. 걷으면 되겠지만 워낙 편한 자세로 앉아 있었더니 일어나는 것도 귀찮다. 책을 엎어놓고 다시 텔레비전 리모컨을 집었다. 테이블 위에는 재떨이와 복고양이가 놓여 있다.

이 복고양이가 참 기묘한 물건인데, 만듦새가 불량이라 그런지 아니면 일부러 그런 건지 입매가 어째 이죽거리는 것처럼 보인다. 으레 그러하듯 금화를 들었는데, 금화에는 '招福'이니 '大大吉' '千萬兩' 같은 위세 넘치는 말 대신 '吉'이라고 딱 한 글자 적혀 있다. 어중간하게 재수가 좋은 이 고양이를 사 온 사람은 물론 누나다. 대체 어디서 이런 것을 팔았을까 싶다.

속은 비어 있고, 팔은 용수철 장치에 의해 손짓하듯 움직인다. 그것을 살려 누나가 개조했다. 적외선을 쏘도록 손을 본 것이다. 어차피 눈에 보이지 않는 광선인데도 누나는 일부러 눈에서 광선이 나오도록 만들었다.

"그 고양이, 광선 쏜다."

처음 그런 말을 들었을 때는 이게 무슨 소리인가 싶었지만, 냉정하게 생각하면 텔레비전 리모컨도 적외선을 발사한다. 요컨대 복고양이 속에 리모컨을 넣었다는 뜻이다.

수신기는 천장 형광등에 붙어 있다. 복을 부르듯 손을 움직이면 복고양이 눈에서 광선이 발사되어 불이 켜졌다가 꺼졌다가 한다. 형광등에 달린 끈을 떼어내 실내가 깔끔해졌다고 좋아한 것도 잠깐뿐. 끈이 사라진 대신 복고양이가 들어앉은 셈이니 아무리 생각해도 되레 걸리적거린다. 적어도 좀더 귀염성 있는 고양이였으면 좋았을 텐데.

복고양이는 지금 테이블 반대편에 있어 손이 닿지 않는다. 텔레비전 리모컨을 집은 것은 그 때문이다. 리모컨을 막대기 삼아 복고양이의 손을 움직이려는데 닿을락 말락 하니 감질난다. 엉덩이를 들면 닿겠지만 그러면 일어선 것이나 매한가지다. 오기로라도 일어서지 않고 고양이 손을 움직이겠다고 손을 뻗는데 뒤에서 목소리가 들려왔다.

"게으름의 극치를 추구하는 거니?"

에너지 절약주의의 길은 끝이 없으니 극치를 여태 알지 못한다. 돌아보자 누나가 있었다. 샤워라도 했는지 머리에 목욕 수건을 썼다. 부엌으로 들어가 "커피 마실래?" 하고 묻는다.

"어."

"하는 김에 내 것도."

자기가 타는 게 아니었나. 부엌에는 뭐하러 간 건가.

오기로라도 일어나지 않겠다고 지금까지 기울인 노력이 커피 생각에 수포로 돌아갔다. 무릎을 탁 쳐서 기합을 넣으며 일어나 부엌으로 가서 물을 끓였다. 내게 등을 보이며 냉장고를 들여다보던 누나는 이윽고 샌드위치를 발견하고 입에 물었다. 왜 그런 게 냉장고에 있는지는 모르겠다. 우리집 냉장고에는 이따금 말벌 유충 조림이며 캥거루 고기 햄버그스테이크 같은 게 들어 있곤 한다. 그에 비하면 샌드위치는 의외일 것도 없다.

"머리를 말리든 밥을 먹든 둘 중 하나만 하지?"

여태 목욕 수건을 머리에 쓰고 있는 누나에게 투덜거렸으나 상대도 하지 않는다. 달걀 하나를 꺼내 싱크대 안에 팽이처럼 돌리려고 한다. 달걀은 금세 균형을 잃고 쓰러졌다.

"쳇, 날달걀이야?"

그런 말을 중얼거리는 것을 보면 삶은 달걀인지 날달걀인지 보려고 한 모양이다. 어젯밤 나는 달걀을 삶기는 했지만 밤늦게 내가 먹었다. 이상한 것은 누나가 어떻게 내가 달걀 삶은 것을 아느냐 하는 문제인데, 뭐, 무슨 흔적이라도 발견했나 보다.

그 밖에는 눈에 띄는 게 없었던 모양이다. 엉덩이로 냉장고 문을 탁 닫는다. 커피잔을 준비하는 내게 뒤에서 물었다.

"그러고 보니까 감기는 나았어?"

"감기?"

"심했잖아."

잠시 생각했다가 대답했다.

"대체 언제 적 이야기냐?"

이번 달에 내가 감기를 앓았던 것은 사실이다.

어느 날, 지탄다에게서 전화가 와서 봄 축제에 인원이 부족하니 도와달라고 했다. 이것저것 있었지만 결국 도와주기로 하고 갔는데, 꽤나 기묘한 하루였다. 그 모든 일이 전부 하루 사이에 일어났다는 게 어째 믿기지 않는다. 이른 벚꽃을 포함하는 풍경이 아름다웠다는 것은 선명히 기억나는데.

그날은 추웠다. 날이 저물고 나서는 특히 그랬다. 내가 춥다는데도 지탄다는 이제 봄이니 춥지 않다고 우겼다. 그 탓이라는 말은 않겠지만 이튿날 나는 앓아누웠다. 밤늦게 누나가 돌아오기까지 가족은 아무도 없는데, 한기는 들지, 열은 나지, 배는 고프지, 하여간 형편없었다.

누나는 그때 일을 이야기하는 모양인데, 그때는 봄방학중이었다. 나는 대략 이틀 만에 나아 개학식 날에는 멀쩡하게 학교에 갔다.

"그거 거의 한 달은 됐는데."

"어라? 벌써 그렇게 됐나? 애들은 참 빨리 큰다니까."

그런 멍청한 소리를 하며 내 머리를 통 친다. 이어서 머리를 헝클어뜨리며 "머리 눌린 거 어떻게 좀 해" 하고 트집을 잡았다.

나중에 바로잡자.

커피를 타게 해놓고 누나는 입도 대는 둥 마는 둥했다. 내가 부엌에 있는 동안 거실로 가더니 "아, 시간 됐네" 하며 자기 방으로 돌아갔다. 나는 소파에 드러누워 책을 읽었는데, 삼십 분쯤 뒤 누나가 다시 나타났다.

"너 오늘도 아무데도 안 갈 거지?"

계획은 없었다. 하지만 '오늘도'라는 말이 마음에 안 든다. 책에서 눈을 떼지 않은 채 대답했다.

"생각 안 해봤는데."

"네 평생 이동 거리가 어느 정도 될까 몰라."

"남매간에 균형을 맞추는 거야."

그러자 또 업신여기는 목소리로 말했다.

"내 몫을 벌충해주는 거라고? 친절하시기도 하지."

누나가 낭비한 자동차 기름이며 항공연료, 기타 다양한 이동 비용은 내가 집밖으로 나가지 않음으로써 메꿔진다. 나는 에너지 절약주의로 불민한 누나에 대해 인류 문명에게 사죄하는 것이다.

"가엾은 애 같으니."

잔인한 소리를 한다.

"뭐, 어쨌든 오늘 2시 반까지는 그러고 있어."

"집 지키라고?"

"그래. 그때까지 아무도 안 오면 맘대로 해도 돼."

나갈 생각은 없었지만, 나가지 말라고 하니 갑갑하다. 여전히 책에서 눈을 떼지 않은 채 말했다.

"뭔가 내놔."

누나는 벌써 신발을 신는 모양이다. 현관에서 목소리가 들려온다.

"그럼 초 사다줄게. 너 그거 좋아하잖아."

대체 언제 적 이야기냐.

그렇지만 누나가 오늘이 무슨 날인지 잊은 게 아니라는 것은 알았다. 축하해줄 생각은 없는 것 같지만.

오늘은 내 생일이다.

2시 반까지 집을 지키라는 것은 무슨 의미인가. 문고본을 다 읽고 소파에 엎드려 생각했다. 누나가 하는 말이니 뭔가 신통치 않은 꿍꿍이가 있는 게 틀림없다. 기다리라고 했으니 뭐가 올 텐데, 그게 대체 무엇인가.

그 시간에 선물이 도착한다는 게 정상적인 생각이다. 그리고 정상적이기에 이 생각은 옳지 않다. 오레키 도모에는 그런 일은 하지 않거니와 그게 아니라도 2시 반은 배달 지정 시간으로 어중간하다.

누나는 "아무도 안 오면 맘대로 해도 돼"라고 했다. 그 말로 보건대 오는 게 택배가 아니라 손님이라고 생각하는 게 나을 것 같다. 생일에 오는 손님…… 아니, 생일과 관계있다고 생각하는 게 잘못된 걸까. 단순히 대금을 받으러 오는 사람이나 회람판일 수도 있지 않나. 뭔가 장난을 걸어올 게 틀림없다고 생각하는 게 잘못일까. 친누나를 지나치게 의심하는 것도 문제는 문제다.

그렇게 자신을 타이르면서도 역시 나쁜 예감을 떨칠 수 없었다. 자꾸만 시간이 신경쓰이고 시곗바늘이 느릿느릿 움직이는 것 같아 답답했다.

어째 먹을 마음이 나지 않아 점심은 걸렀다. 읽던 책은 다 읽었고, 새 책을 시작하기에는 남아 있는 시간이 어중간했다. 텔레비전을 켰더니 여행 프로그램을 하고 있었다. 생판 모르는 타인이 고급 여관에서 맛있어 보이는 음식을 먹는 것을 구경하는 사이에 시간이 흘러갔다.

2시가 지났다.

그러고 보니 '2시 반이 되도록 아무도 오지 않으면'이라는 말은 2시 반에 무슨 일이 벌어진다는 뜻이 아니다. 기다리는 시간의 한도를 가리킨다. 내가 예컨대 사토시에게 '2시 반까지 못 가면 맘대로 해라'라는 식으로 말했을 경우, '원래라면 더 일찍 갈 수 있겠지만 어쩌면 늦을 수도 있다. 30분까지 기다려서 오지 않으면 못 오게 됐다고 생각해라'라는 의미일 것이다.

그렇기에 2시에서 오 분 정도 지나 현관 초인종이 울렸을 때 나는 당연히 누나가 시사했던 손님이라고 생각했다. 과연 귀신이 나올 것인가, 뱀이 나올 것인가 하는 심정으로 일어섰다.

슬리퍼를 꿰고 현관으로 내려가 렌즈 구멍으로 밖을 내다보았다.

밖에 서 있는 것은 귀신도, 뱀도 아니었다. 대금을 받으러 온 사람도, 회람판도 아니었다.

"젠장, 그런 거냐."

나도 모르게 혼잣말이 나왔다.

밖에 있던 것은 네 사람. 사토시, 지탄다, 이바라, 오히나타.

인기척을 느꼈는지 사토시가 렌즈에 눈을 갖다 대고 얄밉게 웃으며 한 손을 들었다. 제반 문제는 차치하고 하나만은 누나에게 감사하지 않을 수 없었다.

어떻게 좀 하라고 해서 머리 눌린 것은 바로잡아놓았다.

온 이상 어쩔 수 없다. 그냥 돌려보낼 수는 없는 노릇이다.

거실로 안내해 테이블을 빙 둘러앉게 했다. 지탄다와 오히나타가 소파에. 사토시와 이바라에게는 방석을 내주었다.

사토시는 폴로셔츠에 카고 팬츠. 이바라는 허여스름한 후드 티. 지탄다는 연분홍 니트에 무릎 밑까지 내려오는 치마를 받쳐 입었다. 오히나타는 프린트 티셔츠와 청바지 차림이다. 평소 볼 기회가 없는 사복 차림새로 모인 일당을 흘겨보며 중얼거렸다.

"제군, 이건 대체 어떤 타조인가•?"

"얘가 뭔 소리야?"

예의 바르게 정좌하고 앉은 이바라에게서 예의 바르지 못한 말이 튀어나왔다. 오히나타가 "아, 사쿠타로다"라고 하는 옆에서 사토시가 웃으며 말했다.

"무슨 바람이 불었느냐고 묻는 거야?"

잠자코 고개를 끄덕였다.

녀석들이 내 생일을 축하해주러 왔다는 것은 분명하다. 오히나타가 리본 달린 상자를 들고 있고, 나조차 아는 케이크

•20세기 초 일본 시인 하기와라 사쿠타로의 시 〈죽음〉의 한 구절.

가게의 이름이 그 측면에 프린트되어 있으니 말이다. 속에 든 것은 십중팔구 케이크 한 판이다. 그러니 뭐하러 왔느냐는 말은 하지 않는다.

그러나 사토시와는 중학교 2학년 때부터 친했지만 서로의 생일을 축하해주려는 생각은 한 번도 해본 적이 없다. 이 녀석이 갑자기 장난기가 발동해 축하해주자는 생각이 들었다손 쳐도, 고전부원 전원을 끌고 오다니 생각할 수 없는 일이다. 고전부는 그런 집단이 아니기 때문이다.

마음 내키면 동아리실을 찾고, 문집을 만들 때는 나름대로 다 같이 협조도 했다. 하지만 우리는 누구 집에 모여 놀면서 관계를 학교 외부로까지 확대하는 깊은 사이가 아니다. 나는 그렇게 생각하고 있었고, 다른 녀석들도 그랬다고 생각한다. 그랬건만 별안간 거리를 좁혀든 것 같아 당혹스럽다.

"약속도 없이 찾아와서 폐를 끼친 건 아닌지……."

지탄다가 조심스레 말했다. 폐라고 생각하지는 않지만…….

"놀랐다."

사토시가 어깨를 으쓱했다.

"그럴 거야. 나도 놀랐으니까. 말이 나오긴 했지만 진짜 실현될 줄은 몰랐거든."

물을 것은 두 가지였다.

"오늘인 줄 어떻게 알았고, 누가 가자고 한 거냐?"

"말씀을 드리자면 긴데……."

어디서부터 이야기를 시작하면 좋을지 모르겠다는 듯 지탄다가 고개를 갸웃한다.

"오히나타 씨가 다 같이 생일 파티를 한 적은 없느냐고 물어서, 제가 학교 축제 뒤풀이 이야기를 했는데, 그 밖에는 없느냐고 해서, 생각나는 게 없다고 했더니, 저……."

아닌 게 아니라 이야기가 길어질 것 같다. 그때 이바라가 나서서 간결하게 정리했다.

"네 생일이 얼마 안 남았다고 했더니 히나가 생일 파티를 하자고 한 거야."

"너 내 생일 알고 있었냐?"

"사월이란 건. 보통 그렇게 여러 번 같은 반이 되면 저절로 기억하잖아."

"난 기억 못 한다만."

"그건 네가 무례한 인간이라 그런 거고."

그러고 보니 이바라가 내 생일을 알 기회는 얼마든지 있었다. 초등학교, 중학교 내내 같은 반이었거니와 특히 초등학교 때는 '이달 생일을 맞은 친구들' 하고 게시판에 나붙곤 했다. 사월생이라는 것만 알면, 옛날 학급 문집이라도 뒤져 언제가 생일인지 알아낼 수 있을 것이다.

그러나 그런 것은 동기가 없으면 알아보지도 않는다. 즉, 주범은 오히나타라는 뜻이다.

"그래서 네가 제안했다?"

오히나타를 빤히 쳐다보았다. 거실을 두리번거리던 오히나타는 나와 눈이 마주치자 주눅드는 눈치도 없이 웃었다.

"친구는 축하해줘야 한다고요."

그 좌우명의 옳고 그름은 차치하고, 혼자서 차분히 축하한다는 방법도 있지 않겠나.

"축하받고 기분 나쁜 사람은 없다고요."

망설임이 없다. 그렇게까지 딱 잘라 말하니 어째 그런 것도 같다. 와아, 좋아라.

그런데 유감스럽게도 아직 아무도 축하한다는 말을 하지 않았다.

"그나저나 용케 전원이 모였군."

아무리 오히나타가 파티를 제안했다지만 전원이 그에 응했다는 게 믿기지 않는다. 지탄다는 신입 부원의 희망을 존중해 준 것일 수도 있지만, 어쩌다가 이바라까지 왔는지 상상도 안 된다. 내 생각을 알아차렸는지 이바라가 쌀쌀맞게 말했다.

"저녁에 영화 보러 갈 거라서 그 김에. 두 시간만 축하해줄게."

그러십니까.

"마실 건 사 왔으니까 컵 갖다 줘."

종이컵도 사 오지 그랬냐. 그러고 보니 사토시는 종이 상자에 든 과자도 들고 왔다. 그냥 펴놓고 먹는 것보다는 과자 접시에 담는 게 좋을 것 같다. 식기장에 분명 나무 접시가 있었다. 오히나타의 상자에 든 게 케이크라면 칼과 접시도 필요할 것이다. 앞접시가 사람 수만큼 있는지 모르겠다. 물론 스푼도 필요하다. 아니면 포크가 낫나?

부엌으로 가서 여기저기 뒤지다가 불현듯 의문이 들었다.

이게 생일을 축하하는 자리라면 주역은 나다.

그런데 어째서 나만 일어나 움직이는 건가.

식기를 들고 거실로 돌아오자 재떨이와 다 읽은 책과 텔레비전 리모컨은 사이드보드 위로 치워져 있었다. 복고양이만 테이블 구석에 떡하니 앉아 귀염성 없는 얼굴로 이죽거리고 있다.

사토시가 사 온 과자는 세련되게 생긴 비스킷이었다. 지탄다가 "잼과 잘 어울릴 것 같네요"라고 해서 과자 접시 외에 작은 그릇을 준비하고 냉장고를 뒤져 여름귤 잼을 꺼냈다. 병을 보더니 오히나타가 환성을 질렀다.

“와, 밀플뢰르 잼이네요!”

상표를 보니 ‘MilleFleur’라고 씌어 있다. 오히나타의 말이 없었다면 ‘마일플류’라고 읽었을 것이다. 그런 말은 입에 담지도 않고 “그래” 하며 빼겼다.

“밀플뢰르라니 선배 정말 보통이 아닌데요.”

기쁜 표정으로 그런 말을 하는 오히나타는 순수한 여자애이지만, 이 자리에는 순수하지 않은 여자애도 있다. 이바라가 의심 어린 목소리로 묻는다.

“너 알고 있었어?”

“아니, 몰라.”

“그럼 왜 아는 척하는 건데!”

“있어 보이려고. 잘못했다.”

사죄하고 오히나타에게 물었다.

“뭐냐, 그게.”

작은 허세가 발각된 것에 오히나타는 몹시 쌀쌀맞은 눈초리를 했지만, 금세 마음을 바로잡고 잼병을 집었다.

“잼 전문점이에요. 꽤 인기 많아요. 저도 사봤는데 비싼 값을 하더라고요.”

"비싸냐."

병을 보며 무심코 중얼거렸다.

"아니, 뭐, 잼치곤 그렇다고요, 어디까지나."

까무잡잡하게 타고 얇은 옷차림을 한 오히나타가 잼을 사러 전문점에 가는 모습이 도저히 상상이 안 된다. 외모만으로 판단하는 것은 좋지 않지만.

"그렇게 고급 잼이면 비스킷에 발라 먹기엔 어째 아까운데."

사토시가 걱정스레 말했지만 지탄다가 미소를 지으며 "뭐, 어때요"라고 했으므로 뭐 어떤 것으로 되었다.

오히나타가 "라이터는 가져왔어요"라고 한 것은 케이크에 꽂을 초에 대한 말이리라. 준비성이 좋지만 케이크 순서는 조금 더 있어야 한다.

이바라가 준비한 마실 것은 샴페인 같은 병에 들었고 샴페인 비슷한 맛이 나는 백포도 탄산 주스였다. 처음에는 커피잔을 가져왔는데, "저런, 호타로, 아무리 그래도 좀더 멋진 게 있지 않겠어?"라는 항의에 줄곧 식기장에 들어만 있던 손님용 유리잔을 내왔다. 키가 작고 다리는 없고 예리하게 새긴 무늬가 수정처럼 반짝이는 잔이다.

"이런 걸 뭐라고 하더라?"

이바라가 고개를 갸웃했다.

"컵."

가르쳐주었건만 남의 말을 귀담아듣지 않는다.

"텀블러도 아니고, 고블릿도 아니고."

"컷 글라스?"

오히나타가 말했으나 그런 말이 아니었던 모양이다.

"그건 장식 종류고. 그게 아니라 이렇게 생긴 잔을 뭐라고 부르지?"

"상자엔 위스키 잔이라고 씌어 있더라."

이바라가 분한 표정을 지었다.

다리가 있는 잔이 모양은 더 살겠지만, 집에 없으니 어쩔 수 없다. 어쩌면 있을 수도 있지만 어디 있는지 모른다. 게다가 위스키 잔이 네 개뿐이라 "어머나, 오레키 씨만 보통 컵인가요?" 하는 게 됐다. 아무리 생각해도 주역을 너무 대우 안 해주는 것 같다.

주스를 따른 뒤 오히나타가 "그럼 건배하기 전에 한마디"라고 했다. 사토시와 이바라가 눈짓을 주고받더니 약속한 것처럼 동시에 지탄다를 보았다. 지탄다도 내심 자신에게 돌아올 것이라고 예상했는지 딱히 거절하지 않고 잔을 들었다.

어떻게 행동하면 좋을지 모르겠다는 듯 모호하게 웃으며

말한다.

"음, 오늘은 오레키 씨 생일이에요. 축하드려요. 선물이 있었으면 좋았겠지만 갑자기 오느라 준비를 못 했어요. 죄송합니다."

"일부러 와준 마음이 제일 기쁘지."

끼어든 사람은 내가 아니다. 사토시다. 남의 기분을 멋대로 날조하면 곤란하다.

"그렇게 말씀해주시니 마음이 편하네요."

그리고 날조된 기분으로 마음이 편한 것도 곤란하다.

"저희 중에선 제일 먼저 열일곱 살이 되셨네요. 그럼, 저…… 생일 축하드립니다. 건배."

위스키 잔과 보통 컵을 들어 가볍게 맞부딪쳤다. 생일을 맞은 내가 아니라 오히나타가 유난스레 기뻐 보였다.

이 시점에서 근심거리 하나는 사라졌다.

특별히 축하 인사를 원했던 것은 아니지만, 이 녀석들 먹고 마시기만 하고 가는 게 아닐까 걱정이 들려던 참이었다. 건배에 이르러 겨우 축하한다는 말을 들었다.

그러나 마음에 걸리는 게 하나 더 있었다.

복고양이에 관해서다.

어째서 저게 테이블에 남아 있나. 내가 식기를 가지러 간 동안 녀석들이 테이블을 치웠다. 다른 물건들은 사이드보드로 자리를 옮겼다. 그렇건만 복고양이만은 남아 있다.

우연일까. 아니, 저것은 테이블에 있던 물건들 중에서 부피가 가장 컸다. 이제부터 먹을 것을 늘어놓으려는데 원래라면 맨 먼저 치우지 않을까? 그렇건만 아직까지 떡하니 놓여 있는 의미에 대해 누가 언급하는 건 아닐까.

나는 이미 실책을 하나 저질렀다. 저 여름귤 잼이 그렇게 고급인 줄 모르고 별생각 없이 가져오고 말았다.

앞으로는 조심해야겠다.

사토시가 가져온 비스킷은 약간 짭짤한 맛이 나서 확실히 잼과 잘 맞았다. 단맛이 더 낫지 않을까 싶었는데, 에페 플뢰레 것이라는 여름귤 잼의 새콤한 맛도 꽤 특이하고 좋았다.

"후쿠베 선배는 전에 놀러오신 적이 있죠?"

오히나타의 질문에 사토시가 나를 보았다.

"……없지?"

"없지."

"근처까지 온 적은 있지만 공원에서 만났지 뭐야. 뭐 좀 빌릴 게 있어서."

고개를 꼬았다. 사토시를 근처 공원에서 기다리게 하고 내가 나간 적이 있긴 하다. 그렇지만…….

"그랬냐? 너한테 뭘 돌려받은 것 같다만."

이 년쯤 전 일인데 벌써 기억이 가물가물하다. 잊어버렸다는 것은 대단한 볼일이 아니었다는 뜻이겠으나, 의견이 갈리니 어째 찜찜하다.

그런 생각을 하는데 오히나타가 말했다.

"빌리러 온 거랑 돌려주러 온 거랑 두 번 온 걸지도 모르잖아요."

과연, 지당한 생각이다.

"그런데 집까지는 안 오신 거예요?"

"안 와도 되는 일이었을 거야."

오히나타는 흠, 하고 중얼거리더니 위스키 잔을 입으로 가져갔다.

"그거 꽤 담박한데요. 저 같으면 근처까지 온 김에 집에도 놀러갈 것 같은데, 남자라서 그런 걸까요?"

사토시가 고개를 갸웃했다.

"글쎄, 어떨까. 담교淡交를 기꺼이 여기는 타입이니까 일반론을 적용할 수 없을지도 모르지."

"어느 쪽이요?"

"둘 다."

뭐, 맞는 말이다.

"그렇구나. 그런 사이도 있군요."

오히나타는 생각에 잠긴 듯했다. 남자로서 말하자면 나와 사토시가 특별히 담교를 좋아한다고 생각하지는 않는다. 보통일 것이다. 오히나타는 약간 남자애 같은 면이 있는 편이지만, 이런 말을 하는 것으로 봐서 친구 중에 편하게 이야기할 수 있는 남자는 없는지도 모르겠다.

오히나타는 비스킷을 입에 넣고 얼굴을 들더니 또 물었다.

"질문해도 돼요? 선배 방은 어떤 분위기예요?"

내 방이라. 조금 경계했다.

"보통인데. 잠자리하고 책상하고 책꽂이가 있지."

"장식 같은 것도 하고요?"

딱히 이렇다 할 것은 없었다고 생각하지만, 벽에 뭘 붙이는 정도는 했던가? 기억을 되살리려고 입을 다물고 있으려니, 복고양이 머리를 쓰다듬던 이바라가 별안간 쓸데없는 참견을 했다.

"이제 그만해, 히나. 이 녀석한테도 프라이버시 정도는 있다고."

그러더니 내 쪽으로 얼핏 시선을 던지며 싸늘하게 웃었다.

"남자애 방에 뭐가 있는지 정도는 상상이 되잖아."

무엇을 상상했는지는 알 수 없지만 내 방에 그렇게 경멸 어린 웃음을 받을 만한 것은 없다. ……조금밖에.

"상상이 안 돼요."

중얼거리는 오히나타에게 사토시가 웃으며 말했다.

"교과서 같은 거야."

나도 말을 이어받았다.

"참고서 같은 것도."

"사전도 있지?"

"물론이지."

이바라가 노골적으로 어처구니없다는 표정을 지었다.

"하여간 바보라니까."

접시의 비스킷은 순조롭게 줄어든다. 이게 다 없어지면 케이크 차례일 것이다. 묘하게 자꾸 손이 간다 싶었더니만 그러고 보니 점심을 건너뛰었다. 문득 생각났다.

"너희는 점심 먹었냐?"

반응은 각기 달랐다.

"가볍게요"라고 대답한 사람이 지탄다. "먹었어요"는 오히나타. "아침을 늦게 먹어서 점심은 아직"이 이바라. "안 먹었어"가 사토시.

주역이자 집주인으로서 손님들에게 마음을 써줄 장면이다.

“피자라도 시키랴?”

“네? 대접을 받다니, 죄송해서 안 돼요.”

지탄다는 사양하지만 그럴 리 있나.

“당연히 돈은 같이 내는 거지.”

“아……. 그, 그러네요.”

그런데 사토시가 끼어들었다.

“아니, 나도 말이지, 처음엔 피자를 사 올까 했거든. 여럿이 먹기에 안성맞춤이니까. 그런데 깜박했지 뭐야.”

“피자 가게가 쉬는 날이었냐?”

“토요일에 쉬면 언제 돈을 버는데? 그게 아니라…….”

이바라를 슬쩍 쳐다본다. 머뭇거리는 사토시와 대조적으로 이바라의 말투는 여느 때처럼 분명했다.

“내가 치즈 못 먹거든. 미안해.”

“……그랬냐. 몰랐군.”

“네가 내 기호를 알면 그게 더 놀랍지.”

치즈가 급식으로 나온 적도 있었을 테니 알고 있었어도 이상할 것은 없다. 그런데 몰랐다. 아까도 들은 말이지만 역시 조금은 무례한지도 모르겠다.

“선배도 치즈 못 드세요?”

비스킷을 호쾌하게 잼에 찍어 호쾌하게 먹어치우던 오히나타가 몸을 불쑥 내밀었다.

"응, 좀. 못 먹는다고 할지, 아예 못 먹는 건 아닌데 싫어."

"맛이요?"

"냄새일 거야. 얇은 슬라이스 치즈처럼 차게 먹는 건 냄새가 안 나니까 괜찮지만, 가열하면……. 히나도 못 먹어?"

오히나타는 생긋 웃었다.

"제 친구가 그러는데, 상한 귤이랑 우유는 버려야 한대요."

하기 곤란한 말을 할 때 친구를 끌어들이는 게 오히나타의 버릇일까. 이바라는 쓴웃음을 지었다.

"그렇게까지 딱 잘라서 생각할 수 있으면 좋겠지만, 어째 약점 같아서 마음에 안 들지 뭐야. 어른이 되기 전에는 고칠 거야."

피레네산맥 어디쯤에 틀어박혀 하루 세 번 치즈를 먹으며 수행해서 극복할 게 틀림없다. 하산할 즈음에는 득도할지도 모른다. 훗날 전 세계 치즈 업계를 석권하는 이바라 유업은 이렇게 해서 탄생한다. 어쩌면.

맛이 싫은 것이면 안 먹으면 그만이지만, 냄새가 싫다고 하는 이상 주문하는 것만으로도 불쌍하다. 피자 가게 광고지를 잘 뒤져보면 치즈가 들어가지 않는 피자도 있을지 모르지만, 꼭 시켜야 하는 것도 아니다. 게다가 비스킷도 의외로 배부르다.

"그나저나 오레키 선배는 이바라 선배에 관해서 농담이 아니라 정말 아무것도 모르시네요. 초등학교도 같았다면서요?"

"뭐, 그렇지."

"넌 뭘 으스대는 건데?"

그런 생각은 없었다만.

과자 접시로 빈번히 향하던 오히나타의 손이 문득 멎었다. 의아한 표정으로 이바라를 본다.

"그럼 혹시 그거예요? 이바라 선배도 여기 놀러온 적이 없다고요?"

"있을 리 있어? 통학 구역은 같지만 집이 가까운 것도 아닌걸."

"어라? 하지만……."

오히나타는 소파에 같이 앉은 지탄다, 그리고 사토시와 이바라를 차례대로 보더니 고개를 살짝 갸웃했다.

"우리 아까 여기 올 때 헤매지 않았잖아요. 누가 온 적이 있나 보다고 생각했는데요."

잠시 시간이 멈춘 것 같았다.

여기서 걸렸나.

내 방으로 화제가 옮겨가 복고양이 이야기가 나올 가능성은 거의 없어졌다고 방심하고 있었다. 설마 피자를 시키는 이야기에서 그쪽으로 발전할 줄이야.

나는 이바라의 음식 기호를 몰랐다. 즉, 나와 이바라의 관계는 정말로 희박한 것이었다. 즉, 이바라는 우리집에 온 적이 없다. 그래, 과연 연결된다. 내가 내 무덤을 팠다는 뜻이다.

지금부터 화제를 돌릴 수 있을까?

아니, 아마 늦었을 것이다. 이미 화제가 제기되었다. 지금 억지로 끼어들면 왜 이 이야깃거리를 기피하느냐고 되레 주의를 끌지 모른다. 오히나타의 질문은 복고양이의 진실로 직결될 수 있는 위험한 질문이다. 그러나 아직은 지근탄 단계다. 직격탄은 아니다.

난처한 장면이지만, 고개를 움츠리고 어서 다른 화제로 옮겨가기를 바라는 수밖에.

녀석도 그 점을 이해해주면 좋겠으나.

이바라가 사토시를 보았다.

"후쿠가 길안내를 해줬으니까. 그렇지?"

사토시는 다소 당혹한 표정으로 대답했다.

"지도를 기억했던 것뿐이야. 이 주변 지리는 약간 복잡하긴 하지만 지도 암기는 비교적 자신 있는 편이고, 지도는……."

"제가 준비했어요."

지탄다가 말을 이어받았다.

"맞아, 지탄다한테 받았어."

"이거" 하며 주머니에서 지도 사본을 꺼낸다. 주민 정보가 상세하게 실린 값비싼 주택 지도가 아니라, 가미야마 시에서 만드는 지역별 지도인 듯하다. 우리집 번지에 빨간 펜으로 표시를 해놓았다.

"아, 그렇구나. 지이는 한 번 와봤지."

그 말에 지탄다가 긴장했다.

"작년에 왜, 여름방학에 이리스 선배 부탁으로 비디오 영화 봤을 때 오레키를 부르러 오지 않았어?"

"아, 아뇨, 그건……."

잘도 기억한다. 맞다, 그런 일이 있었다. 내가 농땡이 칠 것을 예상한 지탄다가 데리러 왔다. 하지만 그때는…….

"후쿠베 씨께 여쭤서 근처까지 왔지만 집은 못 찾았어요."

전화가 와서 "마중 왔는데 길을 잃었으니 마중나와주세요"라고 했다. 가까운 곳까지 오기는 했지만 현관 앞까지 온 것은 아니다.

"그렇지만 주소는 알고 있었으니까 이 동네 지도가 있으면 찾을 수 있었던 거죠."

오히나타는 납득한 듯 씩 웃었다.

"하긴 그러네요. 주소는 알 수 있죠. 가령, 그게…… 뭔가를 보고."

자기가 말해놓고 표정이 흐려진다.

"뭔가? 뭔가가 뭐죠?"

묘한 데 집착하는 1학년이다. 이렇게 소파에 나란히 앉은 모습을 보면 닮은 구석이 한 군데도 없지만, 오히나타와 지탄다는 의외로 근본적인 부분에서 비슷한지도 모르겠다.

"아, 연하장이 있네요!"

표정이 환해진 오히나타에게 사토시가 쓸데없는 소리를 했다.

"그런데 호타로는 그런 귀찮은 짓을 안 한단 말이지."

아니, 쓰려고는 했다. 나도 똑같은 문제에 봉착했던 것뿐이다. 주소를 모른다는 문제에.

"진짜?"

무심코 반말이 튀어나왔나 보다. 오히나타가 의심 어린 눈초리로 나를 본다.

"친구한테 연하장 정도는 보내는 게 당연하다고요."

"괜찮아, 어차피 연초에 직접 만났으니까. 연하장이란 건 그거 아니냐, 직접 못 만나니까 보내는 거 아니냐."

"맞는 말씀이지만, 오레키 씨께 인사드릴 수 있었던 건 제가 전화로 불러냈기 때문 아닌가요?"

지탄다가 풋 웃으며 말했다. 사토시도 비스킷을 먹다 말고 내려놓고 웃었다.

"아아, 이번 정월은 정말 재미있었지. 마야카가……."

이바라의 차가운 시선을 깨닫고 도중에 입을 다문다. 누가 강제로 시킨 것도 아닐 텐데, 이바라는 자신이 신사에서 무녀 아르바이트를 했다는 것을 유달리 창피해한다. 물론 오히나타는 무슨 이야기인지 모른다.

"이바라 선배가?"

"그 이야긴 됐어. 오레키 주소라며?"

억지로 이야기를 되돌린다. 여기서 정월 이야기를 계속하면 확실하게 화제를 묻어버릴 수 있을지도 모른다. 하지만 그랬다간 이바라의 원한을 살 텐데, 그것도 좋지 않다.

고민하는 사이, 이바라는 어째서 그런 것도 모르느냐는 듯

어처구니없는 표정으로 말했다.

"졸업 문집 같은 거 아냐? 주소 있었을걸."

"그렇구나. 그러네요."

오히나타는 고개를 끄덕이더니 또 금세 갸우뚱한다.

"하지만 지탄다 선배는 가부라야 중학교가 아니라고……."

"아뇨, 마야카 씨 말이 맞아요."

당사자인 지탄다가 겨우 입을 열었다.

"오레키 씨 중학교 때 친구분 중에 소다 씨란 분이 계시거든요. 소다 씨는 집안일로 몇 번 뵌 적이 있어서 졸업 문집을 보여달라고 부탁드렸어요."

사토시와 이바라가 동시에 말했다.

"저런, 나한테 말하지 그랬어."

"어머, 그래? 나한테 말하지."

두 사람의 책망에 지탄다는 전에 없이 어깨를 움츠리며 쩔쩔맸다.

"말씀드리려고 했는데, 요새 계속 엇갈렸던데다 동아리실에서 만나도 깜박하는 바람에……. 게다가 마침 소다 씨 댁에 갈 일이 있어서요."

"그러고 보니 소다란 애가 반에 있긴 했네. 오레키랑 접점은 없을 것 같지만."

아닌 게 아니라 접점이라고 할 것까지는……. 멍한 녀석이었지만 축구를 잘했다. 책을 빌려주고 빌려 본 적이 몇 번 있다.

"부모가 잘났던가?"

"시의회 의원이세요. 잘난 척하는 분은 아니에요."

사토시가 연극 조로 뺨을 부풀리고 과장되게 고개를 내저었다.

"과연 지탄다인걸. 인맥이 엄청나다는 건 알고 있었지만 호타로의 중학교 때 친구까지 알고 있을 줄이야. 대단해."

"아뇨, 정말 우연히……."

"이거 혹시 내 과거 소문도 어디서 들은 거 아닐까 몰라."

남의 말을 듣지 않는 사토시에게 앙갚음을 할 생각인지, 지탄다는 무릎 위에 품위 있게 두 손을 포개고 미소 지었다.

"글쎄요……. 예컨대 마이크가 꺼진 줄 알고 방송실에서 노래를 불렀다는 소문, 전 들어본 적 없는데요."

잠시 정적이 흐른 뒤 이바라가 "아하하, 맞아, 그런 일 있었지" 하며 웃음을 터뜨렸다. 중학교 3학년 때 가을에 있었던 재미있고도 슬픈 사건이었다.

"지이, 어떻게 그런 것까지 알았어? 나도 좀 전까지 잊어버리고 있었는데."

덤불을 쑤셔 뱀이 나오게 한 사토시는 놀리는 듯한 웃음을 띤 채 입도 벙긋 못 하고 얼어붙었다. 대부분의 일은 농담으로 넘기는 사토시도 그 사건만은 웃어넘길 수 없나 보다.

속으로 사토시에게 사과했다. 지탄다에게 그 에피소드를 가르쳐준 사람은 나였기 때문이다.

참고로 사토시가 그때 부른 노래가 엉터리 힙합이었다는 것까지는 사토시의 명예를 생각해 말하지 않았다.

지탄다가 칭찬받을 것까지는 아니라며 겸손해하는 옆에서, 오히나타가 눈을 휘둥그렇게 뜨고 입을 딱 벌리고 있는 게 우스웠다.

드디어 케이크가 등장할 차례가 되었다고 해서 과자 접시와 잼 그릇은 치우기로 했다. 거실과 부엌을 왕복하니 테이블 위에 복고양이만 남았다. 아무리 품위 있게 먹어도 비스킷 부스러기가 떨어지는 것은 당연한 일이라 행주도 가져왔다.

"거치적거리는군."

행주로 테이블을 훔치면서 은근슬쩍 중얼거리고 복고양이를 사이드보드로 옮겼다.

한숨을 쉬고 싶은 기분이었다. 이것만 테이블에서 치우면 안심할 수 있다. 드디어 위험이 사라졌다.

케이크를 먹을 접시와 칼, 포크. 단 케이크에 포도 주스는 어울리지 않을 것이다. 커피나 카페오레라도 주랴? 하고 물었더니 나쁘지 않은 생각이라 하기에 얼마 동안 부엌에서 물이 끓기를 기다렸다.

자신의 얼굴은 볼 수 없다. 그러니 내가 포커페이스에 능한지 아닌지 나는 모른다. 속이 뻔히 들여다보이는 표정이지는 않았을까. 사토시와 이바라, 오히나타는 주스가 화제에 오른 동안 내가 살얼음 밟는 심정이었다는 것을 알아차렸을까.

커피잔은 준비해놓았다. 손님에게 인스턴트커피를 내놓으면 모양이 살지 않지만 예고도 없이 찾아온 쪽이 나쁘니까 포기하라고 하자. 아직 침묵하고 있는 삐삐 주전자를 응시한다. 경험적으로 볼 때, 인간의 시선이 물의 온도 상승을 저해하는 게 틀림없다. 이렇게 주전자를 보고 있는 한 물은 절대로 끓지 않는다. 아주 잠깐이라도 눈을 떼면 꼭 그 순간 끓어오른다. 따라서 에너지 절약 측면에서는 외면하는 게 좋지만 달리 볼 게 없다.

그런 생각을 하는데 뒤에서 목소리가 들렸다.

"오레키 씨, 행주예요."

돌아보자 지탄다가 행주를 들고 서 있었다.

"아, 그래. 싱크대에 걸쳐놔라."

주전자로 시선을 되돌린다.

지탄다가 아직 그곳에 있음을 확신하며 말했다.

"말 안 하더라."

짧은 침묵 뒤 환풍기 소리에 파묻힐 듯 조그맣게 대답이 들려왔다.

"네……. 어쩌다 보니 말할 기회를 놓쳤어요."

조금 전, 지탄다는 내 주소를 중학교 졸업 문집을 보고 알았다고 말했다. 소다라는 내 친구에게 물었다고. 같은 반에 소다라는 학생은 분명히 있었다. 그가 어느 고등학교로 갔는지 나는 모른다. 가미야마 고등학교가 아닌 것은 확실하다. 지탄다가 소다를 통해 졸업 문집을 본 것도 사실일 것이다. 즉석에서 생각한 것치고는 너무 그럴싸한데, 지탄다는 임기응변에 강한 편은 아니다.

하지만 그게 사실의 전부는 아니다.

사토시는 우리집에 온 적이 없다. 물론 이바라도.

작년 여름방학에 지탄다가 근처까지 왔지만 집까지는 오지 않았다는 것도 거짓말은 아니다.

그렇지만 한 번도 온 적이 없다고 하지는 않았다.

지탄다는 전에 한 번 이 집에 온 적이 있다. 지탄다는 사토시에게 지도를 주었다는데, 그런 것이 없어도 이 녀석은 길을 알고 있었다.

조금 불만스러운 목소리가 들려왔다.

"그렇지만 오레키 씨도 가만 계셨잖아요."

"어쩌다 보니 말할 기회를 놓쳤다."

이달 초에 있었던 일이다.

지탄다가 참가하는 축제에서 사람이 필요해져 의상 사이즈 관계로 내가 차출되었다. 축제는 무사히 끝났으나 그날은 추웠다. 나는 감기에 걸렸다.

지탄다는 자기 부탁을 받고 도와준 사람이 이튿날 앓아누웠다는데 가만있을 수 없었다. 감사 인사를 하려고 오전에 전화했다가 전화를 받은 누나에게 내 이야기를 듣고는 주소를 물어 병문안을 왔다. 위문품은 여름귤 잼. 홍차에 넣어 마시면 감기에 좋다고 했다. 나는 홍차를 잘 마시지 않는 터라 나중에 스푼으로 그릇에 덜어 그냥 먹었다.

내 방에 들어오게 하기는 그래서 열나는 것을 참으며 거실에서 만났다. 정말 아플 때 손님을 맞는 것은 쉬운 일이 아니다. 지탄다는 물론 그 점을 잘 이해하고 있었으므로 위문품으로 가져온 잼만 놓고 몇 분 만에 갔다. 짧은 방문이었지만 집에 왔던 것은 틀림없다.

"곤란하네요. ……그렇지만 다른 분들에게는 죄송해도 말하지 않으면 모르겠죠?"

주전자를 보며 대답하지 않았다.

그게 꼭 그렇지도 않기에 긴장한 것이다.

말하지 않으면 모를 것이라고 하지만, 지탄다는 말보다 더 분명하게 자신이 우리집 거실에 온 적이 있음을 표명했다.

파티는 이제 케이크의 등장으로 클라이맥스를 맞이한다. 그때 케이크에 초를 꽂고 불을 켤 것이다. 라이터는 오히나타가 가져왔다.

지탄다는 아마 그때를 염두에 두었던 게 아닐까. 초에 불을 켜면 전등은 끄는 게 분위기가 산다. 그런 생각을 한 게 아닐까. 그렇기에 테이블에 복고양이를 남겨놓았다.

재떨이와 책과 텔레비전 리모컨은 사이드보드로 치우면서 복고양이만은 테이블에 남겨놓았다. 그게 적외선 발사 장치를 넣은 조명 리모컨임을 아는 사람이 아니면 할 수 없는 행동이다. 즉, 이 집에 온 적이 있는 사람이 저 네 명 중에 있었음을 의미한다. 나는 지탄다가 거실에 있을 때 실내가 어둡기에 복고양이로 불을 켰다. 지탄다가 그 사실을 잊어버렸을 리 없다.

테이블에 남은 복고양이로 불을 끈다면 어떻게 되겠나. 이바라, 또는 오히나타가 이런 말을 꺼냈을 것이다.

"어허, 그 복고양이는 리모컨이었나. 어쩐지 치우지 않고 테이블에 남겨놓는다 싶더니만. 아니, 잠깐. 이게 리모컨이라는 것을 어떻게 알았지? 지탄다 에루, 당신은 이 집에 와서 거실로 들어와 심지어 조명을 조작하는 것을 목격했군!"

길안내를 할 때 잠자코 있었다면 지탄다는 복고양이도 사이드보드로 옮겨놓았어야 했다.

그렇지만 지금은 그런 말을 하지 않는다. 초가 등장할 차례는 이다음이고, 복고양이도 그렇다. 실수를 지적해 지탄다의 거동이 수상쩍어졌다가는 곤란하다. ……이런 생각을 하는 시점에서 나 자신이 병문안 이야기를 '어쩌다 보니 말할 기회를 놓친' 게 아니라는 것을 알겠다. 켕기는 이야기도 아니건만 어처구니없다. 이런 생각을 했더니 슬며시 웃음이 났다. 지탄다가 눈치채고 물었다.

"왜요?"

"아니……."

아무 일 아니라고 말하려다가 문득 든 생각을 말해보았다.

"어쩌면 오히나타는 아까 그 이야기를 안 믿을지도 모르겠다."

"네?"

지탄다를 돌아보고 한껏 심술궂은 웃음을 지었지만, 내 얼굴이 보이지 않으니 그럴싸했는지 아닌지 알 수 없다.

"'소다한테 물었다'니 거짓말이란 생각 안 드냐?"

지탄다는 난처한 표정으로 억지로 웃음을 지으려 했다.

삐삐 주전자가 날카롭게 울기 시작했다.

3. 현재 : 6.9km 지점 : 남은 거리 13.1km

경사도 거의 없다시피 한 길이 일직선으로 끝없이 이어진다. 멀리 저편에 낮은 산이 보인다. 코스를 기억하는 나는 내가 저 산을 올라갈 것을 알고 있다. 어쩌면 오르막보다 이 평탄한 길이, 앞으로 갈 길이 멀다는 것을 알기에 더 진저리날 수도 있다.

내리막길을 내려오는 동안에는 아무 생각도 하지 않았다. 비탈이 끝나면 걸으면서 기억을 되살릴 계획이었다. 그런데 실제로 해보기 전까지는 미처 깨닫지 못한 문제가 있었다. 직선 구간은 시야가 지나치게 좋다. 앞뒤로 가미 고 학생들이 뛰고 있는데, 나만 늘쩡늘쩡 걷고 있다는 게 다 보인다. 그런 것은 창피하니까 차분히게 머리를 쓸 수 있을 정도로 달리는 시늉을 하며 얼버무렸다.

다만 전망이 좋은 덕에 일찌감치 알아차리는 게 가능했다. 길 앞쪽에 눈에 익은 산악용 자전거가 보인다. 무슨 말썽이라도 생긴 걸까. 총무 위원회 부위원장 후쿠베 사토시가 그곳에 멈춰 서 있다.

두 팔을 겨드랑이에 꽉 붙인다. 사토시가 가버리기 전에 말을 시키려고 보폭을 넓힌다.

볼일은 이미 끝났는지 사토시는 갓길에서 총무 위원인 듯한 학생과 웃으며 이야기하고 있다. 사토시가 있는 곳까지 수십 미터 남았을 때 산악용 자전거에 올라타기에 틀렸구나 싶었는데, 뒤를 돌아보았다. 보아하니 시급하게 할 일은 없는지 사토시는 그 자리에서 기다려주었다.

"야아, 호타로. 그러고 있으니 당연하지만 참 늦네."

느린 속도로 달려도 거리가 워낙 길다 보니 역시 다소 숨이 차다. 사토시 옆에 멈춰 서서 심호흡을 크게 두세 번 했다. 나란히 걸음을 때 길가의 총무 위원에게는 들리지 않을 곳에서 말했다.

"더 멀리 갔을 줄 알았다만."

사토시는 자전거를 밀며 어깨를 으쓱했다.

"내가 작정하고 페달을 밟으면 지금쯤 벌써 골인했을걸."

"그렇게 빠르냐?"

"미안, 허세 좀 부렸어. 진데쯤 갔을까."

그러면서 든 지명地名도 허세일 듯했지만 아무 말 하지 않았다. 사토시는 뒤를 슬쩍 돌아보고 한숨을 쉬었다.

"아무 일 없이 끝날 거란 생각은 안 했지만 말이야."

"사고냐."

"넓은 의미에서. 한 명이 다리를 다쳐서 꼼짝 못하게 됐어. 선생님한테 연락해서 벌써 데려갔고."

그러더니 고개를 갸웃하며 목소리를 낮추었다.

"겉으로 보면 알 수 없지. 진짜 다쳤는지 아닌지."

약간 뜻밖이었다.

"뭐냐, 전교생이 반칙 안 하고 정당하게 완주하는 걸 바랐던 거냐?"

그런 말로 놀리자 사토시는 웬일로 눈썹을 치올렸다.

"내가 그런 생각을 할 리 있어?"

"그게 힘줘 말할 일이냐."

"총무 위원 눈을 피해 지름길을 발견하는 학생이 있으면 난 오히려 갈채를 보내겠어. 그렇지만 그 사람, 노골적으로 히죽대는 거야. 내가 꾀 좀 썼지, 그러는 것처럼. 그래놓고 선생님 차가 도착하니 통증이 심한 것처럼 행동하더라. 진짜 아플 수도 있겠지만 만약 연기라면 난 그렇게 뻔하고 시시한

방식은 찬성할 수 없어."

가미 고 학생은 천 명이다. 트러블은 그 일 하나로 끝나지 않을 것이다. 다음번을 기대하는 수밖에.

사토시는 손목시계를 얼핏 보았다.

"솔직히 예정보다 많이 뒤처졌거든. 출발하고 싶은데, 호타로, 뭐 할말 있는 거야?"

원래는 지탄다에게 질문할 것을 정리하고 있었다. 하지만 여기서 사토시를 만난 것은 운이 좋았다. 사토시의 지식은 다방면에서 나를 앞서거니와, 그게 아니라도 다른 사람의 시점이 있으면 도움이 된다.

할말……. 물어볼 말이라면 두 가지 있다.

"어디까지나 비유라고 생각하고 들어주면 좋겠는데."

"서두를 다 떼네? 그래, 좋아."

걸으며 어떻게 말할지를 생각했다. 그래, 가령…….

"'친구가 그러던데, 호시가야 배에서 총무 위원이 안 뛰는 건 아무리 생각해도 불공평하다'라고 내가 말하면 어떻게 생각하겠냐?"

사토시는 나를 물끄러미 보더니 전에 없이 진지한 표정으로 대답했다.

"호타로는 그런 생각을 하고 있었나, 뜻밖인걸, 하고 생각하겠지."

"네 역할은 나도 알고 있어. 다른 비유가 생각 안 났던 것뿐이야."

"물론 네가 안다는 건 나도 알지. 비유로 한 말이야."

사토시는 내가 입을 다문 것을 보고 다른 질문은 없다고 생각했는지 자전거에 올라탔다. 보행 속도에 맞춰 천천히 페달을 밟으며 말했다.

"혹시나 해서 말해두는데 호타로, 난 오히나타 같은 애 좋아해. 마야카가 들으면 곤란할 의미에서가 아니라."

"알아."

할말은 다 했는지 속도를 높이려 한다.

나는 뒷모습을 향해 말했다.

"사토시."

"응?"

사토시가 브레이크를 걸고 돌아보았다.

"또 뭐 있어?"

"아니……."

어물거렸다.

사토시에게 확인하고 싶은 게 하나 있다. 그러나 마음이 내키지 않는다.

하지만 바쁜 사토시를 언제까지고 붙들어놓을 수는 없다. 숨을 후 내쉬고 물었다.

“일본어에 관한 이야기다만, 겉모습이 보살로 보이면 속마음은 뭐냐?”

그 말을 듣고 사토시가 뭐라 중얼거렸다. 잘 들리지 않았지만 아마 “마야카는 나한테는 그렇게 말 안 했는데” 같은 말이었을 것이다. 이바라를 비난할 수는 없다. 이바라는 오히나타가 한 말을 토씨 하나 틀리지 않고 사토시에게 전해야 할 이유가 없었으니까.

역시 사토시는 그 말을 알고 있었다. 어렴풋이 기억하는 나보다 정확하게.

“겉모습이 보살 같다면 속마음은 당연히…… 야차지.”

그러더니 농담조로 덧붙였다.

“그렇지만 지탄다가 석류를 좋아하는지 아닌지•는 알 수 없는걸.”

•일본에서 석류는 야차녀 귀자모신의 상징.

3

참 멋진 찻집

1. 현재 : 8.0km 지점 : 남은 거리 12.0km

무엇을 옳다 생각하고 무엇을 그르다 생각하는지는 교육과 경험에 의해 후천적으로 학습하는 문제다. 선행을 칭찬받고 악행을 야단맞으면서 선악을 구별한다. 그에 반해 무엇을 좋아하고 무엇을 싫어하는지는 다른 사람에게 배우는 게 아니다. 그렇다고 선천적으로 결정된다고 하면, 장차 치즈를 싫어하리라는 게 갓난아기 때부터 정해져 있었다는 뜻이 되니 운명론 같아진다. 호불호는 그보다 성장한 뒤 내면에서 치미는 충동이라 할 것이다. 이는 요컨대 자신이 어떤 것을 가장 중요하게 여기느냐 하는 문제와도 얽힌다.

비 오는 어느 날, 집에 가는 길에 사토시에게 그런 이야기를 했다. 그러자 사토시는 업신여기는 듯한 표정으로 웃으며 말했다.

"좋아하는 것도 싫어하는 것도 변변히 없는 너한테 내적 충동 운운하는 이야기는 듣고 싶지 않아……. 마야카라면 그럴걸. 난 그렇게까지 말하진 않지만."

"이바라라면 '후쿠라면 그럴걸. 난 그렇게까지 말하진 않지만'이라고 할 거다."

"아니, 마야카는 그런 식으로 말 안 해, 직접 말하지. 더 심한 말로."

과연 그 말이 맞다. 내가 잘못 생각했다.

사토시와 같이 집에 갈 때는 대개 이런 시시껄렁한 이야기를 하며 걷는다. 가끔 '세계의 미래에 관해'처럼 더욱 시시껄렁한 이야기를 할 때도 있고, 드물게 '노트는 B5 사이즈와 A4 사이즈, 둘 중 어느 쪽이 더 쓰기 편한가'처럼 유용한 이야기를 할 때도 있다. 그러나 그날은 오히나타라는 청중이 있다는 점에서 여느 때와 달랐다.

비는 쏟아지는 것도 아니고 부슬부슬 오는 것도 아니고 그저 하염없이 내리고 있었다. 아케이드 거리를 걷고 있었던지라 우산은 쓰지 않았다. 오히나타는 우산을 든 채 뒷짐을 지고 중성적인 외모와 어울리지 않는 귀여운 몸짓으로 웃었다.

"이바라 선배, 그렇게 말투가 험해요?"

미리 약속한 것은 아닌데, 교문을 나섰을 때 우연히 눈이 마주쳤다. "아직 친구도 없어서요"라며 쓴웃음을 짓기에 같이 걷게 되었다. 중학교가 같다 보니 집 방향도 대충 비슷하다.

오히나타의 물음에 나는 "험하지" 하고 즉각 대답했다. 그러나 사토시는 고개를 갸웃했다.

"아무한테나 트집 잡는 건 아니지 않아? 지탄다한테 모진 말을 하는 건 본 적이 없는데."

그러고 보니 과연 그렇다. 차별 대우가 심지어 부조리하기까지 하다.

오히나타는 무슨 비밀이라도 감지한 양 목소리를 낮추었다.

"그거 혹시 지탄다 선배가 사람을 많이 아는 거랑 상관있나요?"

"지탄다가 마야카의 약점을 잡고 있다는 말?"

사토시는 웃으며 고개를 내저었다. 어처구니없어서 말할 마음도 들지 않는 모양이다. 오히나타는 방향 전환이 역시 신속하다. 금세 웃으며 말했다.

"그리고 오레키 선배는 아무것도 중요하게 여기지 않는 사람이란 걸 알았어요."

"야."

"후쿠베 선배는 뭘 제일 중요하게 생각하시나요?"

매우 납득할 수 없는 발언이 있었으나 수정을 요구하는 목소리는 묵살되었다. 사토시는 어깨를 으쓱하고 선뜻 대답했다.

"나다움이지."

오히나타는 예에, 하고 맥 빠진 목소리로 말했다. 다음 말이 나오기 전에 사토시가 물었다.

"남한테만 묻지 않고 자기는 어떤지 말해야 하지 않겠어?"

"저요?"

장난스럽게 웃음을 짓는다.

"그야 여자애답게 연애라고 대답해야겠죠?"

연애를 이야기하는 눈앞의 하급생이 코알라처럼 느껴졌다. 유명한 동물이고 어떻게 생겼는지도 잘 알고 있지만 실물을 본 적은 없다.

"어, 응."

사토시는 조금 전 오히나타처럼 덤덤하게 반응하고는 의리상 "예정은 있고?" 하고 물었다.

오히나타는 왜 그런지 기쁜 표정으로 고개를 내저었다.

"아뇨, 아직은. 지금 중요한 건……."

문득 시선을 발치로 떨어뜨리고 목소리만 명랑하게 말했다.

"친구예요."

사토시가 "어, 응" 하고 김 샌 목소리로 반응한 것은 이해가 간다. 대단히 유쾌한 화제는 아니라지만 그래도 좀더 색다른 대답을 기대했었다. 그런데 '연애'라니, 나쁘지는 않지만 평범하다.

한편으로 오히나타가 "예에"라는 대답밖에 못 한 것도 이해한다. 비록 입학한 지 아직 얼마 안 됐다지만, 고등학생이 '중요한 것은 나다움'이라는 말을 듣고 감탄하지는 않는다.

다만 나는 어렴풋이나마 사토시가 말한 바의 의미를 알고 있었다. 괴로움 같은 것은 몰라요, 하는 표정을 짓고 사는 후쿠베 사토시이지만, 나름대로 이것저것 귀찮은 문제들을 고민하며 부족했던 자기 자신을 교정하고 수련하려는 노력을 시작했다. 녀석에 비하면 내가 훨씬 무사태평하다는 생각이 들 때도 있다. 진부하게 들려도 사토시의 대답에는 녀석 나름의 의지가 깃들어 있었다.

그런 것을 염두에 두고 생각했다.

제일가는 것은 연애, 지금은 예정이 없으니까 친구. 오히나타는 그렇게 말했다. 아닌 게 아니라 별로 재미있는 대답은 아니다. 하지만 사토시에게 사토시 나름의 의지와 사정이 있었듯이, 오히나타에게도 오히나타 나름의 의지와 사정이 있다고 생각했어야 옳았다. 그저 동경심만으로 그런 말을 할 수 있었을까. 아니, 그건 아닐 것이다.

오히나타는 연애를 말할 때는 웃는 얼굴이었으나, 친구를 말할 때는 고개를 들지 않았다.

나는 그런 몸짓을 알아차렸으면서 그게 무슨 의미인지 생각하지 않았다.

내가 사토시의 속마음을 조금이나마 안다고 생각하는 것은 어떤 사건이 있었기 때문이다. 작년 겨울, 작은 해프닝과 우여곡절 끝에 사토시는 몇 분간 솔직하게 마음을 털어놓았다.

반면, 하급생이고 여자애인 오히나타와 그런 시간을 가져본 적은 없다. 알게 된 지 아직 두 달도 안 됐는데, 마음을 헤아리는 게 가능하겠나.

가능했을지도 모른다. 다만 그럴 생각을 안 했던 것은 틀림없다.

눈앞의 인간을 변변히 보지 않았던 잘못을, 달리면서 생각하는 것으로 만회하려 하고 있다. 얼빠진 짓이다. 수업을 대충 들어놓고 시험 전에 참고서를 사는 것 같은 일이다. 도둑을 보고 오랏줄을 꼬는 것 같다고도 할 수 있다. 어쨌거나 에너지 절약에 부합된다고 하기는 어렵지만, 방법은 그것뿐이다.

겉모습이 보살이라면 속마음은 야차. 야차, 즉, 귀신이다.

세 가지로 생각할 수 있다.

첫째, 이바라의 기억이 틀렸고 오히나타는 전혀 다른 말을 했다. 하지만 그것은 희망적 관측일 뿐이라는 생각이 든다.

둘째, 오히나타는 그렇게 말한 게 맞지만, 순수하게 지탄다가 보살 같다고 생각했기 때문이고 다른 뜻은 없었다. 이 또한 어렵다. 지금까지 '그 사람은 보살 같아요'라는 말로 누구를 칭찬하는 것은 들어본 적이 없다. 세상에 그런 말로 칭찬하는, 언어 감각이 다소 특이한 사람이 없다는 법은 없다. 하지만 어쨌거나 지금까지 몇 번 이야기를 주고받은 바로 오히나타는 그렇지 않다고 말할 수 있다.

그렇다면 셋째, 오히나타는 완곡하게 지탄다를 귀신 같다고 말했다 생각하는 게 타당할 것이다. 이것도 언어 감각이 특수하기는 하지만, 이쪽은 적어도 이유를 알 수 있다. 비난하고는 싶은데 자신에게 잘해준 이바라에게 대놓고 지탄다를 욕하기는 싫었으리라. 심지어 이바라가 의미를 이해하기를 기대하지도 않았을 것이다.

만약 문제가 있다면, '외면은 보살 같고 내면은 야차 같다'라는, 굳이 따지자면 마이너한 관용구를 오히나타가 알고 있었을까 하는 점이다. 다만 사토시는 이 말을 알고 있었고 나도 막연히 기억하고 있었다. 신간제 날 '한문은 어려울 것 같지만 일본어는 좋아한다'고 말했고, 내 생일에 내가 농담으로 중얼거린 구절이 하기와라 사쿠타로의 시라는 것을 대번에 간파했던 오히나타다. 보기보다 국어를 꽤 잘하는지도 모른다.

하지만 역시 이해하지 못하겠다.

지탄다와 오히나타의 사이가 불편하다는 생각은 해본 적도 없었다.

어제 방과후가 결정적이었다는 것은 의심할 여지가 없다. 다만 그때까지 불화의 싹이 전혀 없었느냐 하면 그렇지도 않았던 것 같다. 어째 묘하군 싶을 때는 있었다. 분명 토요일이었을 것이다.

너무 많이 뛴 것 같다. 얼굴을 못 들겠다. 아직 땀은 흐를 만큼 나지는 않는다.

길은 또다시 오르막에 접어들었다. 학생들의 간격이 벌어져 혼자 달리고 있는 기분이 든다.

2. 과거 : 13일 전

갑작스러운 부탁이었지만, 오히나타는 전부터 기회를 엿보고 있었을 것이다.

그 주 금요일, 원래는 동아리실에 갈 생각이 없었다. 주머니 사정이 여의치 않아 버터 롤빵과 종이팩 우유로 점심을 때웠더니 방과후 배가 고팠다. 간식을 먹는 습관은 거의 없었지만 얼른 집에 가서 뭣 좀 주워먹어야겠다고 생각했다.

그런데 계단 입구로 향하는데, 무슨 그룹인지 여학생 한 무리가 복도를 가로막듯 옆으로 퍼져가면서 소처럼 느릿느릿 걷는 것이다. 그 사이를 헤치고 가기도 귀찮아서 발길을 돌렸는데, 가다 보니 연결 통로였다. 기왕 여기까지 온 김에 얼굴만이라도 비추고 가자 싶어 동아리실로 갔다.

결과적으로 그러기를 잘했다. 동아리실에 들어가자 선 채로 책상 하나를 둘러싸고 들여다보던 세 여자, 지탄다, 이바라, 오히나타가 동시에 나를 돌아보았다. 이바라가 말했다.

"꼭 노린 것 같네."

"뭐가?"

오히나타가 장난스레 대답했다.

"과자 상자를 뜯으려던 참이로다."

어이쿠. 욕망에 솔직하게 말했다.

"배가 고파 쓰러질 것 같으니 저도 좀 주세요."

이바라가 "너무 솔직해서 어째 의심스러워" 하고 중얼거리는 것을 무시하고 책상을 둘러싼 원에 가담했다.

과자란 상자에 든 포테이토칩이었다. '칩스 스위트포테이토'라고 쓴 것을 보면 감자가 아니라 고구마 칩일 것이다. 방과후 지학 교실에서 이렇게 과자를 꺼내놓고 먹는 것이 처음은 아니었다. 집에 백중이며 세모 선물로 들어온 과자가 남으면 지탄다가 곧잘 들고 왔다. 그러나 이번 포테이토칩은 그것들과 취향이 다르다.

"이거 누가 갖고 온 거냐?"

"저요."

오히나타가 손을 살짝 들었다.

"왜요? 제가 가져온 포테이토칩은 드실 수 없나요?"

어째서 그렇게 되냐.

"검은 고양이든 흰 고양이든 과자를 주는 건 좋은 고양이다."

오히나타가 어리둥절한 표정을 지었다.

"음, 저우언라이?"

"리덩후이일 거다."

옆에서 이바라가 참견했다.

"장제스 아니었어?"

그것을 듣던 지탄다가 억지로 웃듯 일그러진 표정으로 말했다.

"저, 호찌민이죠?"

엉뚱한 소리를 하려고 애쓴다. 참고로 나는 정말 잊어버린 것이었는데, 이야기하다가 생각났다. 덩샤오핑이다.

"어쨌든 앉죠."

지당하신 말씀이다. 의자를 들고 모인다. 오히나타가 주머니에서 휴대전화를 꺼내 책상 위에 놓았다. 주머니에 넣은 채로 앉으면 걸리적거리는 모양이다.

상자를 뜯었다. 잘 먹겠습니다.

두툼한 칩은 바삭할 줄 알았는데 오히려 아삭했다. 단맛이 살짝 난다.

"오장육부에 스미는군."

그렇게 말하자 오히나타가 웃음을 터뜨렸다.

"무슨 그런, 목욕하고 나와서 한잔한 아저씨 같은 말을."

목욕하고 나와서 한잔하고 오장육부에 스민다고 말하는 중년 남자를 실제로 본 적이 있느냐고 묻고 싶다.

"맛있는걸."

이바라가 무심코 중얼거리자 오히나타가 씩 웃었다.

"다행이에요. 이거 저희 식구한테 반응이 아주 좋아서 주문한 거거든요."

"저런, 어디서?"

지탄다가 상자 뚜껑을 보며 말했다.

"가고시마 명과銘菓라고 씌어 있네요. JA(일본 농협) 가고시마……. 제철도 아닌데 맛있네요. 이런 판매 방식도 있군요."

가늘게 뜬 눈의 날카로운 눈빛은 사업상의 경쟁 상대를 보는 듯하다. 지탄다가에서 고구마를 경작하는지 아닌지는 알 수 없지만, JA 가고시마는 방금 전 가상의 적이 되었을지도 모르겠다.

"가고시마에 주문했구나. 친척 집이라도 있어?"

가고시마 과자를 어떻게 아는지 이상했는데, 과연 친척이 살고 있으면 가본 적이 있겠다. 그렇게 납득하려던 차에 오히나타가 고개를 흔들었다.

"아뇨, 그게 아니라 저번에 라이브 갔다 왔거든요."

"라이브? 가고시마에서?"

"아니, 저……."

겸연쩍게 말한다.

"후쿠오카요. 이 과자, 후쿠오카 매점에 있더라고요."

가고시마 명과를 후쿠오카에서 팔고 있었다면, 지역 특산물의 '지역'은 대체 범위가 어디까지인가. 지탄다 입장에서는 판로가 넓어 부러울까. 이바라가 과자를 두세 개 잇따라 집어먹으며 말했다.

"후쿠오카에서 라이브라니, 뭘 들으러 간 거야?"

그러자 오히나타는 한쪽 눈을 찡긋하며 검지를 입술에 갖다 댔다.

"……비밀이구나."

"에헤."

어떤 가수든, 설령 악마 숭배를 열창하는 가수라 해도 그것 때문에 오히나타를 보는 눈이 달라질 것 같지는 않은데. 뭐, 본인이 감추고 싶다는데 억지로 물어볼 생각은 없다.

"그나저나 후쿠오카라니 꽤 먼 데잖아. 거기서만 했던 거야?"

"아뇨, 전국 투어예요. 따라다녔거든요. 아무리 그래도 전부는 무리였지만……."

"전국을요? 홋카이도에서 오키나와까지인가요?"

지탄다가 놀라 물었다.

"음, 센다이에서 후쿠오카까지예요."

오히나타는 당혹한 표정으로 대답하더니 약간 분한 듯 덧붙였다.

"글쎄, 정작 도쿄 공연은 표를 못 구했지 뭐예요."

나는 음악을 아예 안 듣는 것은 아니지만, 좋아하는 그룹의 전국 투어를 쫓아다니는 일은 못 한다. 솔직하게 감탄했다.

"용케 그걸 다 다녔군."

그러자 오히나타는 어째선지 표정이 진지해졌다.

"제 친구가 그러는데, 사랑은 아낌없이 주는 거래요."

"그 사랑은 품절 안 되냐?"

그렇게 묻자 고개를 갸웃하며 쓴웃음을 지었다.

"저번 앨범 들었더니 재고가 슬슬 바닥나려고 해요."

이야기하는 동안에도 네 사람의 손은 연신 고구마 칩으로 갔다. 은근하면서도 뚜렷한 단맛과 절묘한 식감 때문인지 하나만 더, 하나만 더, 하고 자꾸 먹게 된다. 그러는 사이에 배고픈 것도 잊었다.

상자 안에 과자가 하나 남았다. 나와 이바라가 동시에 움직였다. 남은 과자의 상공에서 나와 이바라의 손이 딱 멎었다. 낭만적이어도 이상할 것 없는 상황이지만, 이 두 사람이다 보니 주고받는 시선에 열은커녕 싸늘한 험악함만이 흐를 뿐.

"좋아해주셔서 다행이네요."

속 편하게 그런 소리를 하는 오히나타를 무시하고 나와 이바라는 내밀었던 손을 동시에 거두었다. 양보하는 건가 싶어 다시 손을 뻗었더니, 이바라도 같은 생각을 했던 듯 또 마주쳤다. 무슨 일이 있어도 마지막 하나를 꼭 먹어야겠다는 것은 딱히 아닌데…….

침묵이 어색하다. 내민 손을 어쩌지도 못하겠고, 이바라의 표정을 확인하는 것도 망설여진다. 사태를 알아차린 지탄다가 머뭇머뭇 "저" 하고 입을 연 바로 그때, 구원의 소리가 들렸다. 지학 교실 문이 열린 것이다.

네 사람이 동시에 돌아보았다. 콧노래라도 흥얼거릴 것처럼 과장되게 웃음을 띤 얼굴로 사토시가 서 있었다. 이바라가 말했다.

"꼭 노린 것 같네."

사토시는 물론 무슨 말인지 알 턱이 없다. 당황해서 "뭐가?" 하고 묻자, 오히나타가 장난스레 대답했다.

"과자 상자를 치우려던 참이로다."

이렇게 해서 뜻하지 않게 고전부원 전원이 모이고 마지막 고구마 칩이 사토시의 위로 들어가자, 오히나타는 전원을 둘러보며 말을 꺼냈다.

"자, 제 과자를 먹었으니 선배들이 해주실 일이 있어요."

과자는 뇌물이었나. 그제야 속셈을 깨달았으나 때는 이미 늦었다. 이렇게 우리는 고구마 집에 매수되어 이튿날 토요일을 오히나타에게 바쳐야 했다.

일기예보에 날씨가 그다지 좋지 않을 것이라고 해서 비 걱정을 했다. 다행히 집에서 나올 때는 구름 색깔이 흰 것으로 봐서 당분간 괜찮을 듯싶었다. 그렇지만 몇 시쯤 돌아올지 모르니 만일을 위해 접는 우산을 토트백에 챙겼다. 평소에는 지갑만 주머니에 꽂고 다닐 때가 많지만.

약속 장소는 가부라야 중학교 정문 앞이었다. 모두가 확실하게 아는 곳이다. 운동장에서는 축구부와 육상부, 그리고 테니스부가 연습하고 있다. 대충 훑어봤는데 아는 얼굴은 없었다.

지각하는 사람이 있다면 사토시일 것이라고 생각했는데 예상이 빗나갔다. 약속 시간인 3시를 오 분 앞두고 나와 사토시, 이바라와 오히나타, 전원이 모였다. 이바라가 데님이기는 해도 치마를 입고 왔다는 게 조금 뜻밖이었다. 봄에서 여름으로 옮겨가는 시기라 오히나타의 셔츠는 반소매였다.

"이상한 부탁을 드려서 죄송해요."

사과를 하면서도 오히나타는 기쁜 얼굴로 빙글거렸다. 즐거워 보이는 것은 이바라와 사토시도 마찬가지였다.

"좀처럼 없는 기회이니 말이지. 이거 기대되는걸."

"난 살짝 두근거려. 별 도움은 안 될지 모르지만."

마주보고 웃으며 그런 말을 하고 있다. 나는 아무 말도 하지 않았지만 실은 그런대로 흥미를 느끼고 있었다.

"여기서 멀지 않아요. 그럼 안내할게요."

오히나타가 앞장서서 걷기 시작했다.

우리가 가려는 곳은 찻집인데, 아직 문을 열지 않았다. 영업시간이 안 됐다는 뜻이 아니라 아직 개업을 하지 않았다.

"삼촌이라고 했던가?"

사토시의 말에 오히나타는 돌아보고 쓴웃음을 지었다.

"설명드렸잖아요. 사촌 오빠예요. 나이 차는 좀 나지만요."

나도 삼촌인 줄 알았다. 사촌 오빠인 모양이다. 이번에는 정말 기억하자.

어쨌거나 어제 들은 설명에 따르면, 오히나타의 친척이 찻집을 새로 여는데 개업 전에 모니터를 해달라는 이야기였다. 개업 전의 가게에 들어가볼 기회는 사토시 말대로 좀처럼 없다. 우리가 첫 손님이나 다름없다고 하니 영광인 것도 있다.

지탄다가 있었으면 좀더 호기심을 드러냈겠지만 지금은 없다. 빠질 수 없는 자리가 있는데 얼마나 걸릴지 알 수 없어서 약속을 못 하겠다고 했다. 어제 방과후, "저도 꼭 가고 싶지만…… 오후 늦게면 너무 늦겠죠?" 하고 미련이 남는 목소리로 말했다.

새 찻집이 생기는 것은 개인적으로 기대되는 일이다. 내가 이따금 이용하던 찻집 '파인애플 샌드'가 다른 데로 이전하면서 근처에 고등학생 혼자 들어갈 만한 찻집이 없어졌다. 편하게 드나들 만한 분위기라면 나로서도 반갑다.

"가게 이름은 뭐냐?"

걸으면서 물었는데, 오히나타는 이바라와 이야기하느라 못 들은 모양이다. 뭐, 곧 알게 될 테니 상관없다.

이럭저럭 사토시와 나란히 걷게 되었다.

내가 생각한 것을 사토시가 말로 표현했다.

"옛날 생각나지?"

"그러게."

이 길은 우리가 중학교 다닐 때 통학했던 길이다. 지금보다 빈도는 낮았지만, 억지로 떠맡은 보건 위원 일 때문에 내가 늦어지거나 할 때 같이 집에 간 적도 있었다. 고등학생이 되어 휴일에 사복 차림으로 같은 길을 걸으니 어째 마음이 불편했다.

"나쁜 짓 하는 기분이군."

그렇게 말하자 사토시도 진지하게 고개를 끄덕였다.

"그러게. 죄책감이 들지."

우리는 삼 년간 이곳을 다녔다. 이곳이 사실상 우리 손이 닿는 범위 전체였다. 인간관계도 거의 이곳에서 완결되었다. 그 정도로 익숙한 장소였던 가부라야 중학교는 이제 이상하리만큼 서먹하게 느껴졌다. 졸업한 학교 가까이 간다는 게 엉뚱하고 입장을 망각한 분별없는 행동처럼 여겨졌다.

"그러고 보니 중학교 들어갔을 때도 초등학교 근처에 못 갔던 기억이 있는데."

"교복 때문 아니냐?"

물론 진심으로 한 말이 아니다. 사토시도 쓴웃음을 지었다.

"중학교 교복 꺼내다 입어볼까?"

그런다고 이 년 전처럼 이곳에 익숙해질 것 같지 않다. 뭘 어떻게 해도 가부라야 중학교는 이미 우리들 장소가 아니다. 어떻게 해서라도 꼭 돌아오고 싶다면 장래 이곳에 취직하는 방법밖에 없을 것이다.

가부라야 중학교를 벗어나 운동장에서 들리던 목소리도 들리지 않게 되었을 때 오히나타가 멈춰 섰다.

"여기예요."

메밀국숫집과 민가 사이에 있는 찻집은 차가 많이 다니는 길에 면해 있었다. 건물은 신축이 아니었고, 함석지붕의 칠이 벗어진 정도를 보기로 꽤 오래된 것 같다. 하지만 그런 심술궂은 시선으로 보기를 그만두면, 입구의 유리문은 얼룩 하나 없이 깨끗하고 손잡이도 반질반질 광이 날 만큼 잘 닦았다.

"저런, 인상이 좋은걸."

이바라가 크림색 외벽을 보고 말했다. 한편 나는 창문을 보고 있었다. 편하게 들어갈 수 있는지 아닌지를 따질 때 창문이 중요하다. 창문이 없거나 있어도 작으면, 안으로 들어갔을 때 비밀 기지처럼 아늑하고 좋아도 들어가는 데 용기가 필요하다. 창문이 너무 크면 단순히 길 가는 사람들이 보는 것 같아 불안하다. 이 찻집은 그런 문제를 완벽하게 해결한 듯 보였다. 적당히 개방적인 내민창에는 빨간 꽃이 핀 조그만 화분이 놓여 있다. 많이 보는 꽃인데 이름을 모르겠다. 사토시가 보고 있기에 물어보았다.

"사토시, 이게 뭐냐?"

"꽃인데."

남을 바보로 아는 대답이 돌아왔다. 가볍게 노려보자 어깨를 으쓱한다.

"식물은 자신 있는 분야가 아니라서. 지탄다라면 알 텐데."

"아, 맞다!"

이바라가 큰 소리로 말했다. 주머니에서 휴대전화를 꺼냈다.

"지이 이름을 듣고 생각났어. 혹시 일찍 끝날 수도 있다더라고."

휴대전화를 만지작거리며 말한다.

"끝나고 올 수 있을 것 같으면 전화 주겠대."

"그렇군요. 오실 수 있으면 좋겠네요."

오히나타는 중얼거리고 손잡이를 잡았다.

"어쨌든 들어가요."

유리문을 밀어도 딱히 소리는 나지 않았다. 문에 종을 달지 않은 모양이다.

한 발짝 들어섰다가 나도 모르게 할말을 잃었다. 인테리어 센스가 좋지 않았다는 뜻은 아니다. 나무 냄새, 무슨 약품 같은 냄새, 그리고 갓 간 커피 원두 냄새. 그것들이 전부 한꺼번에 밀려들어 숨이 막혔다. 이쯤 되면 악취 부류에 들어가지 않겠나, 이래도 괜찮은 건가 싶었지만, 인테리어를 새로 한 직후이니 어쩔 수 없을 것이다. 환기만 확실히 하면 개업까지 어떻게 될지도 모른다. 자신을 그런 말로 달래며 호흡을 얕게

했다.

"어, 왔구나. 어서 와라."

그 말을 듣고야 카운터 너머에 있는 남자를 의식했다.

친척이라는데 오히나타와 별로 비슷하게 생기지 않았다. 뭐, 원래 그런 것일지도 모른다. 나와 누나는 닮은 구석도 없다. 그나저나 인상이 옅은 사람이다. 목소리가 작은데다, 눈이 마주치자 부자연스럽게 시선을 피했다. 저래서 장사를 할 수 있겠나 싶었지만, 파인애플 샌드 주인도 붙임성은 별로 없었다. 게다가 생각해보면 사촌 동생의 체면을 생각해 우리를 들여보내주기는 했지만, 본래 고객층이 아닐 고등학생 따위 환영하지 않는지도 모른다.

"느낌이 밝네. 좋은데."

이바라는 외장과 마찬가지로 크림색을 다용한 실내를 둘러보며 말하고, 사토시는 벽에 건 그림을 보고 "아, 로트레크다" 하고 혼잣말을 했다. 나도 잠시 주위를 둘러보았다.

일곱 명이 앉을 수 있는 카운터에, 테이블이 네 개. 넓은 것은 좋은데 테이블이 원형인 것은 조금 유감이다. 테이블이 원형이면 물건이 죄 쏟아질 것 같다.

카운터 안쪽, 주인이 등지고 있는 벽은 부조로 장식되어 있었다. 가로로 넓고 납작한 하트 모양인데, 덩굴 문양으로 주위를 꾸민 것을 보면 하트가 아니라 어쩌면 순무일지도 모르겠다. 속에 토끼 두 마리가 마주보고 있다. 주인은 무뚝뚝한데 등뒤에 있는 부조는 참 귀엽다.

"아직 음악이 없어서 허전하지만 말이지. 어쨌든 편히 있다 가라."

불분명한 목소리로 하는 말을 듣고 그러냐 싶었다. 영업을 시작하면 유선 방송이든 뭐든 음악을 틀 생각인 모양이다. 나는 조용한 쪽이 좋다. ……자꾸 심술궂은 시선으로 보게 되는 것 같다. 뭐랄까, 근처에 새 찻집이 생긴 것을 좀더 순순히 반겨야 하는데.

"그새 많이 했네. 이제 좀만 더 애쓰면 되겠어!"

오히나타가 학교에서 듣는 것보다 더 친근한 목소리로 주인에게 말했다. 친척이라고 누구나 거리감이 다 똑같지는 않다. 남이나 다름없는 친형제도 있을 테고, 같이 자란 사촌 형제도 있을 것이다. 두 사람은 나이 차가 꽤 많이 난다고 들었는데, 오히나타는 주인을 많이 따르는 듯했다. 발돋움을 하고 주방 안을 들여다보려 한다.

"아유미 씨는 오늘 없어? 연습에 도움이 될까 했는데."

반면, 주인은 오히나타와 이야기할 때도 표정 변화가 거의 없다시피 했다. 쌀쌀맞게 대한다기보다 성격이 원래 그런 사람이리라.

"관공서에서 서류 처리할 게 이것저것 있어서 그쪽에 가 있어. 다음 기회에 부탁하마."

"연습 확실히 해놔야지, 그러다 손님 앞에서 '포 씨'라고 부르면 어쩌려고?"

우리가 연습에 도움이 된다는 것을 보면, '아유미 씨'는 가게가 문을 열면 서빙을 담당하나 보다. 주인의 부인 아니면 애인. 단순히 고용한 웨이트리스라면 서류 일을 맡기지 않을 것이다.

오히나타는 우리를 돌아보고 손님을 안내하듯 물었다.

"어떻게 하실래요? 테이블? 아니면 카운터?"

사토시가 실내를 다시금 둘러보고 대답했다.

"테이블은 전부 4인용인걸. 지금은 딱 좋지만 나중에 지탄다가 올 수도 있으니까."

"아, 그러네요."

오히나타는 고개를 끄덕이고는 앞장서서 카운터 의자를 꺼냈다. 안쪽부터 오히나타, 이바라, 사토시, 나 순서로 앉았다. 의자가 높아서 발이 바닥에 닿지 않는다. 그렇지만 회전의자는 아니라서 불안정한 느낌은 없는데다, 꼬집어 말할 수는 없지만 앉은 느낌이 편했다.

"나 카운터에 처음 앉아보는 걸지도 몰라. 어쩐지 어른이 되는 계단을 올라온 것 같은걸."

이바라가 새 카운터를 감개 어린 표정으로 어루만지며 어울리지 않는 소리를 했다. 계단 한번 낮다.

카운터에 물컵을 놓으며 주인이 오히나타에게 말을 걸었다.

"시너 냄새가 아직 덜 빠졌어. 곧 빠질 거라곤 하는데."

"안 그럼 곤란해. 들어왔을 때 이거 큰일났다 싶었다고."

역시 나만 냄새가 심하다고 생각한 게 아니었나. 그렇지만 신기하게도 냄새는 금세 익숙해지게 마련이다. 이미 신경쓰이지 않았다.

"벽지 접착제 냄새인가 보더라. 아, 맞다. 메뉴도 아직 인쇄가 안 됐어."

"돼 있는 게 대체 뭐야!"

오히나타가 웃으며 큰 소리로 말하자 주인도 그제야 미소를 지었다.

"뭐, 하나씩 해가야지. 가급적이면 블렌드를 시음해주면 좋겠는데."

"그래도 돼요?"

오히나타가 우리에게 물었다. 전원이 가볍게 고개를 끄덕였다.

"그럼 그거랑……."

오히나타는 카운터 위로 몸을 내밀었다.

"먹을 수 있는 거 뭐 없어?"

"블렌드 넷이지? 가볍게 먹을 수 있는 거로 샌드위치를 몇 종류 내놓을까 하는데."

"그럼 그것도 시식해줄게."

아니, 그건 무리지. 무심코 옆에서 참견했다.

"아직 재료가 준비 안 되지 않았겠냐?"

"……아, 그럴 수도 있겠네요. 그래?"

주인은 작은 목소리로 "응, 뭐" 하더니 내게 시선을 돌리고 턱을 살짝 끌어당겼다. 인사한 것인지도 모른다.

"스콘은 있는데. 괜찮다면 너희도 같이 먹으렴."

후의를 감사히 받아들이기로 했다.

다른 찻집에서 일하며 경험을 쌓았는지, 아니면 혼자서 동선을 짜둔 건지, 주인의 동작은 조금도 위태롭지 않았다. 서두르는 기색이 없이 하나씩 차근차근 해나가는 태도에서 여유마저 느껴졌다.

그러나 오히나타는 다른 것을 생각한 모양이다.

"있지, 아유미 씨는 이제 좀 있으면 배부를 거 아냐? 그럼 혼자 할 수 있겠어?"

이로써 '아유미 씨'가 여자라는 것을 알았다. 그러고 보니 아유미는 남자 이름일 수도 있다.

주인은 잔 받침을 늘어놓으며 대답했다.

"손님이 많지 않으면 괜찮겠지만, 그러길 기대하면 안 되겠지."

"물론이지. 너무 많아서 막 아우성칠 정도로 잘돼야지."

"그런 찻집은 본 적이 없는데."

지당하신 말씀이다.

"그러게, 도모코가 아르바이트를 해주면 좋겠는데."

"아르바이트라."

오히나타는 한숨을 쉬었다.

"그게 가능하면 제일 좋지. 나 아르바이트 한 번도 안 해봤단 말이야."

"누구나 처음엔 그래."

"그런 게 아니라 알잖아, 우리 아버지. 허락 안 해줄 거야. 용돈도 깎였는데."

"할부 갚느라 힘드셔서 그래. 네가 이해해야지."

"쓸데없이 비싼 차를 사니까 나까지 덤터기를 썼잖아. 그러면서 알아서 버는 것도 안 된다니 그게 뭐냐고."

한바탕 투덜거린 뒤 이 자리에 사촌 오빠 외에 학교 선배들도 있다는 게 생각난 모양이다. 오히나타는 겸연쩍게 웃으며 "그냥 좀 그런 일이 있어서요" 하고 얼버무렸다.

대화가 끊기자 밖에서 지나가는 차 소리가 들렸다. 이바라가 실내 한구석을 보며 천천히 말했다.

"책꽂이의 책들이 좋은걸. 떨이로 사 와서 구색만 맞춘 느낌이 아니지."

그런 말을 듣기 전까지 나는 책꽂이가 있는 줄도 몰랐다.

키 작은 책꽂이는 간이 책장 같은 멋대가리 없는 게 아니라 표지가 보이게 진열하는 타입이었다. 세련되기는 했지만 수납 능력은 떨어질 것 같다. 책은 모조리 사륙판. 국내 작품, 외국 작품을 가리지 않고 몇 권 놓여 있다.

"독서가이셔?"

사토시가 주인이 아니라 오히나타에게 물었다. 나한테 물은들, 하듯 오히나타가 고개를 갸웃하자, 주인이 하던 일을 멈추고 대답했다.

"그 정도는 아니야. 저기 있는 건 장정이 멋있어서 고른 책들인데."

"손님한테 권하고 싶은 책이라든지, 그런 게 아니라……."

"그런 건 별로 생각 안 했는걸."

즉, 기본적으로 장식이라는 뜻인데, 어쩐지 겸손이라는 생각이 들었다.

카운터 끄트머리에 잡지꽂이도 있는데, 그쪽에는 흔한 잡지며 신문이 꽂혀 있다. 사토시가 내 시선이 향한 곳을 보고 잡지꽂이를 발견했다.

"아, 《심층》이 있잖아."

주간지를 가리킨다. 《심층》은 나도 아는데, 전통 있는 저널리즘의 일각을 담당한다는 느낌이 아니면서 누드 사진이나 스캔들로 인기를 노리는 것도 아닌 어중간한 잡지라는 인상이다. 아무데서나 파는 주간지를 사토시가 주목했다는 게 이상했다.

"오히나타, 미안한데 그거 좀 꺼내줄래?"

"아, 네."

카운터 끄트머리에서 가장 가까운 사람은 오히나타다. 주문한 신문과 잡지를 한꺼번에 꽂았는지 빽빽하게 꽂혀 있어서, 오히나타는 잡지꽂이를 한 손으로 붙들고 《심층》을 뽑았다. 오히나타에게 받은 잡지를 펼쳐 책장을 넘기는 사토시에게 이바라가 물었다.

"왜? 뭐 찾는 기사가 있는 거야?"

"응. 이런 잡지에 이 지역 기사가 나는 거 흔치 않잖아."

"그래? 무슨 이야기인데?"

"그거 말이야, 스이토샤 사건."

이바라는 "아아, 그거" 하고 고개를 끄덕였고, 오히나타도 딱히 의아한 표정이 아니었다. 그래, 스이토샤 사건에 관한 기사가 실려 있구나, 하는 공통 인식의 공기가 흘렀다.

나만 무슨 말인지 모른다는 뜻이다.

"그게 뭐냐?"

그러자 사토시는 짐짓 입을 딱 벌렸다.

"뭐라니, 호타로, 설마 농담이겠지?"

"들어본 적은 있다만. 그게 분명 물통(스이토)이니까, 그거로군, 소풍……."

남의 말을 끝까지 듣지도 않고 사토시는 잡지를 펴서 내게 보여주었다.

"이거야."

작은 기사였다. 한 페이지의 절반 분량으로 국내 토픽 같은 코너인 듯하다. 그런데 제목에 흥미가 당겼다. 이런 제목이었다. '거물 총회꾼 푼돈 벌려다가 신세 망치다'. 기사를 읽어도 됐지만, 커피가 나올 때까지 시간도 때울 겸 사토시가 이야기해주었다.

"이 지역에 스이토샤란 회사가 있는데, 거기서 신입 사원을 모집했거든. 그래서 지원한 몇 명이 합격 통지를 받았는데, 이런 업무를 하게 될 거라고 설명하고 사월부터 출근하라고 했어. 그런데 사월이 돼서 신입 사원들이 회사에 갔더니 댁들은 누구냐, 이렇게 된 거야. 그 사람들을 채용했단 사람은 아무도 없었던 거지."

그건 뭐랄까, 뻔하다.

"잠깐, 내가 말하마. 설마 그거냐? 유니폼 비용이니 자료 비용이니 해서 돈을 챙겼다고?"

"정답. 사실 그거 말곤 없지."

이바라가 어이없다는 듯 말했다.

"뉴스에서 꽤 크게 다뤘는데 몰랐단 말이야? 너 인간 사회, 똑바로 보고 있긴 한 거니?"

사건 하나 몰랐다고 그런 말까지 들어야 할 이유는 없다. 그렇지만 그렇게 말했다간 다른 각도에서 촌철이 날아들 듯해서 아무 말도 하지 않았다.

"꽤나 단순한 사기로군. 그래서, 범인이 잡혔다?"

"입사 시험을 본 사람 명단이 있어야 가능한 사기니까 말이지. 의외로 간단히 잡힌 모양이야. 그런데 재미있는 게, 범인 아버지가 유명한 총회꾼인 모양이거든. 어쩌면 줄줄이 사탕으로 잡아넣을 수 있지 않을까, 그런 내용이야."

터무니없다.

"자식이 잡혔다고 부모가 체포된다는 게 말이 되냐?"

"그러니까《심층》구석에만 실렸잖아."

그렇군.

사토시는 내게서《심층》을 빼앗아 기사를 바라보았다.

"사기란 건 노인들이나 걸려든다는 이미지가 있었는데, 이런 걸 보면 다시 생각하게 되지. 만약 작년 '가미야마 고등학교에 합격했습니다. 우선 입학금을 내십시오' 하고 우편물이 왔다면 말이야. 감쪽같이 속지 않았을까 싶거든."

그러자 이바라가 말했다.

"아, 그거 무슨 말인지 알아. 판매회 당선 통지가 오면 의심 같은 거……."

"판매회? 벼룩시장 말이냐?"

내가 끼어들자 어째선지 이바라가 입을 다물었다.

때마침 주인이 블렌드 커피를 우리 앞에 놓았다.《심층》은 사토시가 오히나타에게 돌려주고, 얼마 동안 커피 브레이크를 갖게 되었다.

어째서 부조 장식이 토끼인지 알 듯했다. 커피잔 손잡이와 스푼 손잡이에도 귀가 접힌 토끼 그림이 있었다. 주인이나 '아유미 씨'가 토끼를 좋아하는 모양이다. 어쩌면 토끼띠라 그런 것일 수도 있지만.

유감스러웠던 것은, 나름대로 커피를 좋아한다고 자처하면서도 내 혀와 코가 커피의 블렌드가 얼마나 절묘한지 판별하지 못했다는 점이다. "맛있군요"라고 하는 게 고작이고, 무엇에 비해 어디가 어떻게 맛있는지 전혀 말로 표현하지 못했다. 하기야 주인은 그런 기대를 아예 하지 않았던 듯 우리의 산발적인 찬사를 가볍게 들어 넘기고 물었다.

"스콘에 잼하고 크림을 곁들이는데, 고를 수 있거든. 잼은 딸기 잼하고 마멀레이드, 크림은 플레인 생크림하고 마스카포네 크림. 뭐로 할래?"

각자 취향을 솔직하게 말한 결과라고는 생각하지만, 폐도 그런 폐가 없었다.

내가 딸기 잼과 플레인 크림.

사토시가 마멀레이드와 마스카포네 크림.

이바라가 마멀레이드와 플레인 크림.

오히나타가 딸기 잼과 마스카포네 크림.

가능한 패턴이 다 나왔다. 주문을 듣자, 내내 온화했던 주인의 얼굴에 순간 당황한 빛이 스치는 것을 나는 놓치지 않았다.

잼과 크림, 그리고 한 사람당 스콘 두 개씩. 사토시는 그것들을 심각한 표정으로 바라보았다.

"호타로, 난 쓰잘머리 없는 문제에 관해선 그런대로 빠삭하다는 자부심이 있는데 말이지."

"네 입으로 말 안 해도 된다. 내가 말해줄 테니까. 넌 쓰잘머리 없는 문제에 관해선 그런대로 빠삭해."

"남한테 들으니까 타격이 큰걸. 아니, 그런 건 아무래도 상관없고, 난 말이지, 스콘을 먹는 올바른 영국식 방법을 알거든. 잼 퍼스트……."

"잼 먼저 바르는 거냐?"

"아니, 크림 퍼스트……."

"어느 쪽인데?"

사토시는 대답하지 않고 스콘 접시만 물끄러미 보고 있다. 요컨대 어느 한쪽을 먼저 바른다는 것만 기억하고 어느 쪽이 먼저인지는 잊어버린 모양이다.

고뇌하는 사토시의 결론을 기다리지 않고 주인이 답을 가르쳐주었다.

"잼이 먼저라고 되어 있단다. 뜨거운 스콘에 크림을 바르면 열 때문에 녹으니까 말이지. 그렇지만 취향대로 먹어도 상관없지 않을까."

이치에 맞는 이야기다. 취향대로 먹으라지만, 그런 설명을 들고 굳이 크림부터 바르는 녀석은 아무도 없었다. 그럼 잘 먹겠습니다, 하려는데 별안간 낮은 소리가 들려왔다. 휴대전화 진동음이다.

"아, 지이다."

이바라는 전화기를 들고 바로 일어서더니 망설이지 않고 밖으로 나갔다. 나는 휴대전화가 없어서 모르는데, 이렇게 아는 사람들끼리 있는 자리라도 전화가 오면 다른 곳으로 가서 받는 게 예의인 걸까. 꽤나 까다로울 듯한 도구다.

이바라는 곧 돌아왔다.

"이제 출발한다는데."

"지탄다, 위치 알려나?"

"가부라야 중학교에서 길 따라 오다가 메밀국숫집 옆이라고 이야기했어. 가게 이름은 말 안 했지만 괜찮겠지?"

메밀국숫집 포렴이 눈에 띄니 문제없을 것이다.

그 뒤 얼마 동안 날씨 이야기를 하며 시간을 죽였다.

"저녁부터 비 온다더라."

무심코 그런 말을 하자 사토시와 이바라가 동시에 반박했다.

"내일이겠지."

"날짜 넘어갈 즈음이라고 그랬어."

오히나타는 입장을 표명하지 않고 히죽거리고 있었다.

"어느 한쪽이 옛날 건가 보네요."

최신 일기예보냐고 묻는다면 자신 없다. 하지만 내가 어디서 일기예보를 봤다면 십중팔구 거기일 것이다 싶은 곳은 있다.

"아침 뉴스에서 본 것 같다만……."

"나도 아침 뉴스에서 봤는걸."

"나도."

2대 1. 수수방관하던 오히나타가 판정을 내렸다.

"다수결로 오레키 선배의 기억이 틀린 게 됐습니다."

구태여 반론을 제기할 생각은 없었다. 저녁부터 내리는 비를 맞고 눈물 흘리며 "아아, 그때 오레키 호타로 말이 옳았구나" 하고 반성하면 된다.

의논한 것도 아닌데 전원이 차례대로 화장실에 갔다. 마지막으로 내가 돌아오자, 그새 지탄다가 도착해 카운터 자리에 앉아 있었다. 전화가 온지 십 분도 안 됐는데 꽤나 빨리 왔다. 손수건으로 손을 닦으며 "벌써 왔냐?" 하자, 지탄다는 기쁜 표정으로 미소 지었다.

"근처에 있었거든요."

오히나타는 맨 안쪽 의자에 앉아 있으니 지탄다는 내 옆에 앉을 수밖에 없다. 원형 테이블이 4인용이라는 이유로 카운터 자리에 앉은 건데, 막상 이렇게 다섯 명이 나란히 앉으니 옆으로 너무 길게 퍼져서 불편하다. 지금에야 깨달았는데, 어차피 손님이 없으니 다른 테이블에서 의자를 가져다 원형 테이블에 다섯 명이 앉을걸 그랬다.

"오늘은 무슨 일이었던 건데?"

이바라가 물었다.

"친척분 희수喜壽였어요. 촌수도 잘 알 수 없는 먼 친척이지만, 아무튼 축하 인사는 드려야 해서요. 인사만 드리고 나면 그다음부터는 술자리거든요. 제가 부엌에 들어가봤자 피차 신경만 쓸 것 같아서 바로 일어나려고 했는데……."

"무슨 일 있었구나?"

"네, 뭐. 무슨 일이라 할 정도는 아니지만요."

지탄다는 난처한 웃음을 지었다.

"그 댁 전화를 잠깐 쓰려는데 갑자기 전화벨이 울리지 뭐예요. 근처에 그 댁 분은 안 계셔서 제가 일단 전화를 받았는데 여간 애먹은 게 아니에요. 연세가 상당히 많은 할머님이신 것 같았는데, 사투리 억양은 심하지, 목소리는 작지, 말씀을 도통 알아들을 수 없었어요. 다른 분을 바꿔드리면 될지, 전갈을 남기시려는 건지도 알 수 없어서……. 성함을 알아내는

데만도 시간이 꽤 걸렸어요. 그것만 없었으면 좀더 일찍 올 수 있었는데요."

"어?"

큰 소리로 반응을 보인 것은 오히나타였다. 사이에 세 사람이 끼어 있으니 카운터 위로 몸을 내밀고 지탄다에게 묻는다.

"전화를 빌려 쓰셨다고 했죠? 그럼 아까 그 전화, 그 댁에서 거신 거예요? 통화권 벗어난 곳이에요?"

"통화권요? 저……."

당황하는 지탄다. 무슨 뜻인지 모르는 것이리라. 이야기가 복잡해지기 전에 끼어들었다.

"지탄다는 휴대전화 없어."

"……네?"

그렇게까지 놀라면 거짓말을 하는 것도 아니건만 어째 켕기는 기분이 든다. 오히나타는 몸을 더욱 내밀었다.

"어? 그렇지만…… 그럼 친구랑 연락할 때는 어떻게 하시는데요? 이야기를 못 하는데 곤란하지 않으세요?"

"그건……."

부드럽게 미소 짓는다.

"의외로 문제없답니다."

휴대전화가 없는 것은 나도 마찬가지인데, 이런 때 막연히 사회적 압력을 느끼지 않을 수 없다. 나와 지탄다, 둘 중 누가 먼저 갖게 될지.

"그나저나 아무리 희수라지만 그런 인사까지 차리고 다니려면 지탄다는 여간 힘든 게 아니겠어."

사토시가 놀리듯 말했다.

"아뇨, 이런 일은 일 년에 한 번 있을까 말까 해요."

"먼 친척의 생일잔치라니 나 같으면 평생 한 번 있을까 말까……."

카운터 끝에서 오히나타가 나지막이 중얼거렸다.

그나저나 희수는 몇 번째 생일이었더라. 7과 관계있는 것 같은데 잘 기억나지 않는다. 아무려면 어떠냐, 하는 옆에서 지탄다와 주인이 이야기하고 있었다.

"너도 블렌드로 줄까? 괜찮으면 스콘도 구워주고."

"실은 카페인이 몸에 안 받아서요. 모처럼 초대해주셨는데 죄송합니다. 그렇지만 참 멋진 찻집인데요."

그러고 보니 그렇다. 지탄다는 카페인이 많이 든 것을 마시면 엄청난 일이 벌어진다고 한다. 일단 잠을 못 자는 모양이다.

"고맙다. 그래, 그렇구나."

주인은 잠시 생각하더니 말했다.

"카페인이 안 든 메뉴도 있으면 좋을 것 같은데."

지탄다는 굳이 따지자면 특수한 손님이니 별로 참고가 될 것 같지 않은데.

"아무튼 오늘은 줄 게 없는데 어쩌지?"

"신경쓰지 마세요. 안 그래도 제가 늦게 와서 폐를 끼쳤는데요."

그렇게 되어 물만 받았다. 그런데 물을 한 모금 마신 순간, 지탄다는 얼굴을 홱 쳐들었다.

"이건…… 수돗물이 아니네요."

한 모금 또 마신다.

"우물물, 그것도 이 근처 물이 아니에요. 좀더 상류로 거슬러 올라가서 산에서 솟는 샘물을 떠 온 중경수中硬水. 그렇죠?"

주인은 웃음을 지으며 보일 듯 말 듯 고개를 끄덕였다.

"학생 같은 사람이 우리집 블렌드를 시음해주면 좋을 텐데 아쉽구나."

물은 나도 아까 받았다. 다시금 마셔보았다.

"과연, 맛이 순하군."

"아, 그쪽은 수돗물에 레몬을 넣었단다."

그러십니까.

지탄다는 한 손으로 물컵을 잡은 채 실내를 둘러보았다.

"저도 커피를 마실 수 있으면 좋았을 텐데요. 영업이 궤도에 무사히 오르면 좋겠네요."

"고맙다."

"이 찻집, 이름이 뭐죠?"

당연한 질문이다.

그러나 나는 허를 찔렸다. 그러고 보니 몇 번 말은 나왔는데 아직 이름을 듣지 못했다. 내가 사토시를 보고, 사토시는 오히나타를 보고, 오히나타가 주인에게 물었다.

"이름이 뭐야?"

그런데 주인까지 "그건……" 하며 어물거렸다. 오히나타가 다그쳤다.

"설마 아직 못 정한 건 아니겠지?"

"그런 건 아니야. 그냥……."

주인은 씁쓸한 표정으로 오히나타를 보았다.

"도모코가 들으면 웃을 것 같으니까 아직은 비밀로 하려고."

"내가 들으면 웃을 이름인 거야?"

주인은 고개를 갸웃했다.

"난 좋은 이름이라고 생각하는데 말이지. 읽으면 바로 찻집이라고 알 수 있고."

개업을 앞두고 상호를 감추기는커녕 대대적으로 선전해야 할 마당에 밝히지 않다니 어째 기묘한 느낌이다.

그리고 '기묘한 느낌'을 지탄다가 못 보고 놓칠 리 없었다.

"저…… 그럼 이 가게에 간판이 없는 것도 오히나타 씨가 볼까 봐 그런 건가요?"

그러고 보니 가게 밖에도 상호가 없었던 것 같다. 있었다면 봤을 것이다. 하지만 아무리 그래도 사촌 동생이 웃을까 봐 가게 공사를 늦추지는 않았을 것이다. 아니나 다를까, 주인은 고개를 내저었다.

"글자체에 너무 힘을 줬더니 시간이 걸려서 그래."

"글자체라면, 알파벳인가요?"

"아니, 한자."

그 말을 듣고 오히나타가 괴상한 소리를 질렀다.

"한자! 그건 정말 웃을지도. 오빠는 한자 센스가 진짜 괴악한걸!"

그러더니 우리를 향해 유난히 기뻐하는 얼굴로 말했다.

"이 오빠 있죠, 애염명왕의 愛(아이)에 악귀 나찰의 羅(라)로 '아이 러브 유' 만드는 그런 사람이지 뭐예요."

'愛羅浮遊'쯤 되는 걸까. 어쨌거나 예도 참 희한하게 든다. 이바라가 웃어도 될지 알 수 없다는 복잡한 표정으로 말했다.

"예가 뭐 그래. 히나네 집, 절이었던가?"

고등학교 1학년이 애염명왕에 악귀 나찰이라니 어처구니 없다. 자기 생각에도 그랬는지 오히나타의 까무잡잡한 얼굴이 빨개졌다.

"평범한 월급쟁이예요. 바로 생각나는 게 그거밖에 없는데 어떡해요! 그럼 선배는 뭐라고 하셨겠어요?"

이바라는 서슴없이 대답했다.

"아이치愛知 현의 愛에 거북이 등딱지甲羅의 羅."

오오, 제법이다. 탄성이 터져 나온다.

한편으로 주인이 슬며시 "그보단 낫다" 하고 중얼거리는 것도 똑똑히 들렸다.

사토시가 팔짱을 꼈다.

"한자란 말이지. 찻집 이름으로 한자면, 종종 있는 게 '기다리다待つ'에 '夢'을 써서 '喫茶 待夢(찻집 타임)'인데."

"아, 맞아요, 그런 거 있죠."

오히나타가 고개를 끄덕이고, 주인도 "방향성은 그쪽"이라고 했다.

'待夢' 방향성이라면 차자借字인가. 그런데 이바라는 나와 전혀 다른 해석을 한 모양이다.

“종종 있다면…… 구슬옥변 한자를 써서 ‘가배관珈琲館’이라든지?”

“구슬옥변? 임금 왕 아니었냐?”

“임금 왕으로 쓰고 구슬옥변이라고 불러요.”

어렴풋한 기억으로 말했다가 하급생인 오히나타에게 수정당했다.

“그럼 구슬 옥 아니냐?”

“선배가 뭐라고 그러든 구슬옥변이에요.”

그런 걸 어디서 안 거냐. 나도 모르게 사토시에게 시선을 돌렸으나, 자기도 몰랐다는 듯 고개를 내젓고 있었다.

부수에 대한 지식은 정확했으나 이바라의 해답은 틀렸다.

“그쪽은 아니고.”

주인은 위로하듯 “세 글자란 건 맞았어” 하고 덧붙였다.

“그럼…….”

오히나타가 느닷없이 두 팔을 벌려 사토시의 말을 가로막았다.

“안 돼요, 선배. 생각해 보고요.”

“에이, 이런 건 수數로 밀어붙여야지.”

그런데 오히나타는 뜻밖에 진지했다.

"제 친구가 그러는데, 이름 맞히기는 자고로 삼세판이래요."

그런가. 자고로 그렇게 정해져 있다면 어쩔 수 없다. "'사흘 내로'란 건 들어봤는데"라며 사토시가 고개를 갸웃거리지만 규칙이라니 단념하라고 하자.

"그러니까 힌트! 힌트 줘!"

수선을 피우는 오히나타를 주인이 순간 아주 자상한 눈으로 바라보는 것을 알았다. 그것만으로 단정할 수 없을지도 모르지만, 이 사람은 오히나타가 어렸을 때부터 이렇게 작은 놀이의 상대를 해주었으리라는 생각이 들었다. 진심으로 가게 이름을 가르쳐주기 싫은 것도 아닐 텐데 답이 아니라 힌트를 말하는 것은, 아마도 이름 맞히기에 열을 올리는 오히나타를 위해서일 것이다.

"그러게. 우리 간판 이름 그대로야."

"간판…… 어? 그건 당연한 거잖아."

"세 번째가 마지막 기회라면 차분하게 생각해봐. 맞으면 좋은 거 줄 테니까."

"진짜?"

오히니다의 표정이 환해졌다.

"알았어. 꼭 맞힐 테니까 기다려봐."

검지를 들어 우리에게 못을 박는다.

"아셨죠? 제가 맞힐 거니까 선배들은 참견하면 안 돼요."

이 활발한 1학년에 대해 처음으로 어린애 같다는 생각을 했다.

불쾌하게 유치하다는 뜻이 아니다. 굳이 가리자면 좋은 느낌이 아니었을까. 입가에 웃음을 머금고 있었을지도 모른다.

벽에 시계가 걸려 있었는데, 이쪽에도 토끼가 있었다. 바늘은 어느새 5시를 가리키고 있다. 생각 외로 오래 있었다.

오히나타는 계속 생각하고 있는지 말수가 확 줄었다. 커피는 벌써 다 마셔 잔도 치운 뒤다. 나는 비가 오는 게 오늘 저녁부터라고 생각하는 터라, 조금 전부터 일어날 타이밍을 재고 있었다. 이야깃거리도 다 떨어진 듯하겠다, 적당한 기회일 것이다.

"그럼 이제 슬슬……."

그런데 그 한마디에 민감하게 반응한 녀석이 있었다. 오히나타다. 고개를 들어 시계를 보더니 한순간 실수했다는 표정을 지었다. 그러나 곧 여느 때와 같은 표정을 되찾고 "저, 그런데요!" 하고 큰 소리로 말했다.

"잠깐 괜찮으세요? 여쭤보고 싶은 게 있거든요."

할 이야기가 있었는데 이름 맞히기에 정신이 팔려 잊어버렸던 모양이다. 방금 전 오히나타의 당황한 표정을 본 사람은 나뿐인가 보다. 나머지 세 명은 오히나타가 억지로 이야기를 꺼냈다고 생각하지도 않는 듯했다.

"왜?"

오히나타는 그렇게 묻는 이바라가 아니라 지탄다를 보고 있었다.

"지탄다 선배, 발이 넓으시죠?"

"발……."

중얼거리는 지탄다에게 이바라가 힘주어 말했다.

"그런 뜻 아니니까 괜찮아. 지이 발은 갸름해."

"아뇨, 그건 저도 알아요. 아는데, 놀라서요."

가슴에 손을 얹고 있다.

"음, 굉장히 넓다고 할 정도는 아니지만, 오늘처럼 집안일로 다른 사람을 만나는 일은 있어요."

"그럼……."

하려던 말을 일단 삼켰다가 여느 때 같지 않게 머뭇머뭇 묻는다.

"그럼 혹시 아가와란 애도 아세요?"

"아가와 씨?"

지탄다는 살짝 고개를 갸웃했다.

"1학년 A반 아가와 사치 씨 말인가요?"

"아, 네, 맞아요."

오히나타는 왜 그런지 힘없이 말하더니 뒤로 물러났다. 사이에 있는 사토시와 이바라에 가려져 우리에게는 오히나타의 표정이 보이지 않게 되었다.

"아가와 씨가 왜요?"

"아뇨……. 아신다면 됐어요."

내 옆에서 지탄다가 노골적으로 의아한 표정을 짓고 있었다. 그렇지만 어째 분위기가 심상치 않다고 생각했는지 "아가와 씨가 무슨 일 있나요? 신경쓰여요"라고 하지는 않았다. 오히나타가 입을 다물면서 약간 어색한 침묵이 흘렀다.

"어, 그럼……."

다시 한번, 이번에는 다른 녀석들의 기색을 살핀 뒤 내가 말했다.

"그만 가볼까."

커피와 스콘은 서비스라고 했다. 장사인데 그러면 미안하다고 생각했지만, 주인은 "아직 금전등록기를 안 쓰거든. 가게를 시작하고 나서 돈을 받는 게 세금 계산할 때 더 편해"라고 했다. 돈을 받지 않으려고 대는 핑계일 것이다.

이바라와 사토시, 오히나타는 이미 문 근처로 나가 있고, 금전등록기 옆에는 나와 주인, 그리고 지탄다가 있었다.

"모처럼 후의를 베풀어주셨는데 커피를 못 마셔서 죄송합니다."

머리를 숙이는 지탄다에게 주인은 너그러운 미소로 답했다. 무표정한 사람이라고 생각했는데 그렇지도 않은 모양이다. 어쩌면 비록 모니터라지만 첫 손님을 맞이해 긴장했던 것일지도 모른다.

"아니야. 커피가 뭐 꼭 마셔야 할 것도 아니고."

"이……."

지탄다가 말을 잇지 못했다. 가게 이름을 말하려 했던 모양인데, 물론 아직 밝혀지지 않았다. 하는 수 없이 "이, 이 가게, 성공하면 좋겠네요" 하고 얼버무린다. 그러더니 나를 돌아보았다.

딱히 무슨 말을 한 것은 아니다. 저쪽에서 말하기를 기다려야 할 의무도 없다. 방금 전 오히나타의 부자연스러운 언동에 관해서는 알 수 있는 게 아무것도 없지만, 또 하나의 의문에 관해서는 그렇지도 않다. 다행히 금전등록기 옆에 메모장과 볼펜이 있었다.

"저거 좀 써도 될까요?"

"그러렴."

"고맙습니다."

나는 볼펜을 놀렸다. 지탄다가 메모장을 들여다보았다.

"……어?"

한자 세 자가 적혀 있었다.

첫 자가 步.

다음이 連.

마지막이 兎.

이 찻집의 이름에는 몇 가지 조건이 있었다.

오히나타가 알면 웃을 이름이라는 것.

읽으면 바로 찻집임을 알 수 있다는 것.

'喫茶 待夢'와 방향성이 비슷하다는 것.

한자 세 자라는 것.

그리고 채근을 받고 내놓은 마지막 힌트는 간판 이름 그대로라는 것이었다.

이 가게 간판은 무엇인가. 물리적인 간판은 아직 설치되기 전이다. 그렇다면 간판이란 무엇인가. 두 가지 가능성이 있었다.

첫째는 이 찻집의 '얼굴'이라는 뜻으로 '아유미 씨'일 가능성. '아유미'를 한자 세 자로 표기하는 일은 가능할 것이다.

하지만 어떤 한자로 쓰건 '아유미'를 보고 찻집이라고 바로 이해하는 것은 불가능하다. 가령 내가 길거리에서 '亞由美(아유미)'라는 가게를 발견한다면 고등학생인 나와는 인연이 없는 술집이라 생각할 것이다.

또 하나는 '간판 메뉴'다. 이 찻집의 간판 메뉴는 말하나 마나 커피다. 먹을 것 쪽에는 별로 관심이 없는 듯했고, 게다가 스콘이며 샌드위치는 찻집 이름이 될 수 없다. 게다가 '가배'라는 자는 쓰지 않은 모양이다. 그렇다면?

"가게 이름은 간판 이름 그대로라고 하셨죠. 그리고 이 가게 간판 메뉴는 블렌드 아닙니까?"

지탄다가 나지막이 탄성을 질렀다.

"앗, 맞아요. 제게도 '우리집 커피'가 아니라 '우리집 블렌드'를 시음해주면 좋을 텐데 아쉽다고 하셨어요."

나는 고개를 끄덕였다. 보아하니 하우스 블렌드에 대단한 애착이 있나 보다.

가게 이름이 '블렌드'라면, 자, 그것을 한자로 어떻게 쓸 것인가? 방향성은 '喫茶 待夢'에 가깝다. 역시 처음 들었을 때 생각했던 대로 차자를 활용했을 것이다. '블렌드'라면 ブ(부), レン(렌), ド(도), 이렇게 끊을 게 분명하다. 그게 아니면 ン으로 시작하는 글자가 나오게 된다.

처음 이거다 싶었던 한자는 兎였다. 이 가게는 커피잔에도, 스푼에도, 시계에도 토끼가 천지 사방에 널렸다. 게다가 중요한 것은 주인이 등지고 선 벽에 토끼가 부조로 장식되어 있다는 점이다. 저 정도로 토끼를 내세운다면 상호와 관계있는 게 아닐까 의심이 들었다.

그다음으로 '步' 자를 찍었다. '부'라고 읽으면서 가게 이름으로 어울릴 한자는 그렇게 많지 않다. '不'나 '侮' 자는 쓰지 않을 테고, '撫'나 '憮'는 너무 어렵다. '舞'도 생각해봤지만 찻집치고 너무 화려하다. 그러다 다시금 생각난 게 '아유미 씨'였다.

보아하니 임신한 듯한 '아유미 씨'의 이름은 어떤 한자를 쓰는지 추정하는 게 가능하다. 오히나타는 주인에게 '손님 앞에서 포 씨라고 부르면 어쩌려고?'라고 했다. 이름이 '아유미'고 '포 씨'라는 별명으로 부른다면 한자는 '步'를 쓸 것이다. '步' 자 단독으로 쓰는지, 아니면 뒤에 다른 자가 붙는지는 알 수 없지만. 어느 쪽이건 '부'라는 음에 딱 맞는데다 읽기도 쉽고 글자 이미지도 나쁘지 않다.

마지막은 '렌'이다. 여기가 가장 고민이었다.

주인은 오히나타가 들으면 웃을 것이라고 생각해 말하기를 주저했다. 애인 내지 아내를 나타내는 '步' 자를 넣은 것만으로 오히나타가 웃을까. 웃을지도 모르지만 그렇게 창피한 일 같지는 않다. 하지만 '렌'을 무슨 자로 쓰느냐에 따라 상당히 창피해질 수 있다.

벽의 부조 장식은 하트 속의 토끼 두 마리였다.

아유미步와 함께 있는連 토끼兎. '步連兎'라면 주인이 어물거리는 것도 이해가 간다.

메모장을 본 주인은 눈이 약간 커지더니 미소 지었다.

"좋은데."

"뭔가 주시는 겁니까?"

그러나 주인은 웃음을 띤 채 고개를 내저었다.

"아까운걸."

틀렸나.

충격받지는 않았다. 원래 그렇게 자신 있지는 않았다. '步'와 '兎'는 문제없을 것이라고 생각했지만 '連'만은 마지막까지 망설였다. 주인이 볼펜을 들고 생각대로 '連' 자에 두 줄을 그어 지웠다.

그 옆에 쓴 글자를 보니 과연 창피하겠다는 생각이 들었다.

가부라야 중학교 근처에 이제 곧 문을 열 찻집의 이름은 '步恋兎'(이 또한 '블렌드'로 읽힌다). 아유미를 사랑하는 토끼. 무뚝뚝한 주인인 줄 알았더니만 엄청난 로맨티시스트다.

지탄다는 고개를 갸웃거리고 있었다.

"저, 궁금한 게 있는데요, 어째서 '걷다'인 거죠?"

그렇군. 이 녀석은 아유미 씨 이야기가 나왔을 때 가게에 없었다. 다른 녀석들을 너무 오래 기다리게 하면 미안하다. 짤막하게 말했다.

"가는 길에 설명하마."

지탄다는 작은 목소리로 "네, 꼭"이라고 했다.

두고 가는 물건이 없는지 카운터를 보며 커피잔과 접시, 스푼밖에 없는 것을 확인했다. 가게에서 나오기 전에 불현듯 깨달았다. 잡지꽂이에 꽂아 놓은 신문이 석간이었다. 검지와 중지로 훌쩍 뺐다. 일기예보를 보니 저녁부터 비라고 씌어 있었다. 사토시를 손짓으로 불러 으스댔다.

"봐라, 저녁부터 비라고 하잖냐."

"뭐야, 그런 걸 여태 신경쓰고 있었어? 호타로 네가 집념 강한 성격인 줄 몰랐는걸."

그런 문제가 아니라고 생각한다만. 이미 문 앞에 있던 이바라가 돌아보았다.

"그런 거 안 봐도 날씨 정도는 알 수 있다고. 자, 봐."

유리문에 빗방울이 떨어지기 시작했다.

일기예보를 보고도 비 오기 전에 집에 못 갔다니 멍청한 일이다. 그렇지만 뭐, 우산은 괜히 들고 온 게 아니게 됐다.

3. 현재 : 11.5km 지점 : 남은 거리 8.5km

이렇게 돌이켜 생각해보면 그날 있었던 일 중 이상한 게 적어도 하나는 있다. 찻집에 들어갔을 때와 나왔을 때 달랐던 게 하나 있었다. 우연일 것 같지는 않다. 누가 일부러 그런 것이다. 이것은 말하자면 내 생일에 복고양이를 어떻게 했어야 했나 하는 문제와도 연결되어 있다.

기억을 되살리면서 혹시나 하는 의심이 점차 강해지고 있다. 하지만 아직은 불확실한 추측에 불과하다. 역시 이야기를 들어봐야겠다.

고개를 다 올랐다. 눈 아래 작은 촌락이 펼쳐져 있다. 진데. 지탄다의 집이 저곳에 있다.

지탄다와의 거리 어림은 이미 완전히 어긋나고 말았다. 달렸다가 걸었다가, 내 속도가 일정하지 않았기 때문이다.

하지만 어쩐지 이 고개를 내려가 진네에 들어서면 지탄다와 이야기할 수 있으리라는 생각이 들었다.

4
놓아버리는 게 편하다

1. 현재 : 14.3km 지점 : 남은 거리 5.7km

십 년 전쯤이 아닐까 싶은데, 누나와 꽤 긴 거리를 걸은 적이 있다. 낡은 주민 회관을 철거한다는 소식에 “폭탄 터뜨리지 않을까?” 하고 흥분한 누나가 구경하겠다고 나를 데리고 갔다. 아니, 나도 분명히 흥분해 있었다. 만약 시간을 거슬러 올라갈 수 있다면 뒤에서 어깨에 살며시 손을 얹고 온화하게 “그럴 리 있냐?” 하고 말해주고 싶다. 어쨌거나 우리는 열심히 걸었다. 울음이 날 것 같아도 “굉장할 거야”라는 말을 듣고 힘내서 걸었다. 끈기 있는 어린이 아닌가.

해체 작업은 물론 폭파가 아니라 중장비로 진행되었을 텐데, 그것을 보고 낙담한 기억이 없다. 거대한 건축물이 와르르 무너지는 모습에 분명 나름대로 만족했을 것이다.

선명하게 기억나는 것은 돌아오는 길에 얼마나 힘들었는지다. 갈 때 느꼈던 흥분은 이미 과거가 됐고, 길도 모른 채 누나만 따라갔던 나는 지금 내가 어디쯤 있는지도 알 수 없었다. 그런데 배는 고프지, 날은 저물기 시작하지. 투덜거리는 내게 누나가 말했다.

"걸었다가 섰다가 하면 다리 아프니까 부지런히 따라와."

그날 마지막까지 내 발로 돌아왔는지, 그것은 기억나지 않는다.

그런 일이 생각난 것은 걸었다가 뛰었다가 속도를 바꾸는 바람에 다리가 아파왔기 때문이다. 다리라고 할지, 오른쪽 허벅지와 엉덩이 접합 부분이 아프다. 발바닥이며 장딴지, 비장脾臟이 아프다면 그러려니 하겠지만 어째서 그런 데가 아픈 걸까.

내리막길을 거의 다 내려왔다.

자꾸만 수그러지는 고개를 의식적으로 똑바로 들자, 모내기를 마친 전원이 푸릇푸릇하게 펼쳐지고 가옥이 띄엄띄엄 서 있는 풍경이 보였다. 뒷정리를 미처 못 했는지, 아니면 삼짇날처럼 단오도 음력으로 지내는지, 멀리 보이는 집에 잉어 깃발이 장식되어 있다. 펄럭이는 깃발과 키 큰 볏모에 그려지는 물결무늬를 보고 그제야 나 자신도 시원한 바람을 맞고 있음을 깨달았다. 해는 중천에 떴지만 불쾌한 더위는 느껴지지 않는다. 가미야마 고등학교 운동장을 출발한 뒤 처음으로 잠깐 달려볼까 하는 마음이 들었다. 기분이 날 때에 한해 다리가 아프다니 답답한 노릇이다.

별일은 없겠지만 만일을 위해 속도를 떨어뜨리고 멈춰 섰다. 길가에 흰 꽃이 피어 있었다. 화조풍월 전반과 담쌓고 사는 나도 이 꽃은 안다. 은방울꽃이다. 조그만 꽃을 보는 둥 마는 둥 하며 손바닥으로 아픈 부분을 만져보았다. 눌러보았다. 하는 김에 때려도 보았다.

"……음, 이 정도면."

통증은 여전하지만 만져도 특별히 심해지지는 않는다. 뭉친 데도 없는 것 같다. 이 정도면 괜찮겠지 싶어 다시 출발하려는데 갑자기 거친 목소리가 날아들었다.

"야, 이 새끼야, 제대로 못 뛰어?"

무슨 일인가 해서 얼굴을 들자 1학년 때 같은 반이었던 아무개가 달려 지나가는 참이었다.

그에 관해서 아는 것은 별로 없다. 반이 같았다 뿐이지 이야기해본 적도 딱히 없다. 하지만 그러고 보면 전에도 비슷한 느낌의 말을 들은 적이 있었다. 기억나는 것은 겨울방학 전, 전교생이 학교 청소를 하던 중이었다. 쓰레기통이 꽉 찼기에 비우러 가려 했는데, "왜 네놈이 가냐" 하고 무척 밉살스럽다는 듯한 목소리로 말했다. 혹시 쓰레기통 비우러 가는 것을 학수고대했던 건가 싶어서 아무 말 없이 다른 데로 갔다.

내가 A반이라는 것을 그가 안다면 왜 이런 곳에 있느냐고 이상하게 여길 것이다. 하지만 그냥 이상하게 여긴 것치고는 말투가 거칠었다. 나도 그가 내게 적의를 품고 있는 모양이라는 것쯤은 알고 있다. 과거에 무슨 짓을 한 기억은 없지만, 뭔가 마음에 안 드는 일을 했을 것이다. 게다가…… 그도 지쳐 신경이 날카로워져 있었을 수도 있다.

지금 달리기 시작했다가 그를 따라잡게 되면 아무래도 어색할 것이다. 다리는 괜찮지만 당분간 걷기로 했다.

몇 명에게 추월당하는 동안 싫어한다는 것에 대해 생각했다.

나는 눈에 띄게 적을 만드는 타입은 아니라고 생각하지만 누구에게나 사랑받는 타입도 아니다. 몇백 명과 관계를 맺고 지내다 보면 오레키 호타로는 도저히 눈꼴시어 못 봐주겠다는 녀석도 개중에는 있을 것이다. 어쨌거나 아무리 잘 봐주려도 단체 행동에 적극적인 인간은 아니다. 학급 행사 등에 대놓고 건성으로 참여할 때도 많다. 그리고 그 결과 날아드는

'저놈은 뭔데 협조를 안 해' 하는 차가운 시선은, 뭐랄까, 별로 신경쓰이지 않는 성격이다. 초연하다 할 수 있을지도 모른다.

그래도 나를 싫어하는 사람에게 구태여 다가가지는 않는다. 지금 걷고 있는 것도 그 때문이다. 사토시와는 그런 면이 다르다.

녀석은 다른 사람과 엮이는 것을 싫어하지 않는 터라 여기저기 얼굴을 내민다. 끼어들기도 한다. 말참견도 한다. 그렇다고 주제넘게 나서는 것은 아니다. '나한테 맡겨라'가 아니라 '나도 좀 끼워줘라' 하고 나타나는 것뿐이다. 한몫 끼겠다고 한 이상 대충 넘어가는 녀석은 아니다. 하지만 경박하게 아무데나 얼쩡거린다고 오해를 사는 일도 가끔은 있을 것이다. 그러나 사토시는 자기를 싫어한다는 것을 알아도 아무렇지도 않게 다가간다. 요컨대 나보다 훨씬 남들이 자기를 어떻게 생각하는지 신경쓰지 않는다는 뜻일 수도 있다. 이 또한 초연한 것이리라.

하지만 초연과는 거리가 먼 녀석도 있다. 아무개가 내게 욕설을 날린 덕분에 기억났다. 어제 그런 이야기를 얼핏 들은 것 같다. 그러나 그 내용을 발할 수 있는 것은 이야기했던 장본인들뿐일 것이다.

길가에 버스 정류장이 있었다.

고맙게도 지붕 아래 앉을 곳도 있다. 함석 벽은 여기저기 녹이 슬었고, 붙어 있는 간판은 글자체를 봐도 상당히 오래된 듯하다. 먼지투성이지만 아마 법랑일 것이다. 플라스틱 벤치는 비바람을 막아주는 지붕 밑에서도 풍화가 진행되어 영 위태로워 보인다. 실제로 가장자리는 크게 깨졌다. 단면이 퇴색됐고 파편도 떨어져 있지 않은 것을 보면, 어제오늘 깨진 게 아닐 것이다.

달리는 가미야마 고등학교 학생들을 보기에 안성맞춤인 장소다. 몸을 숨기듯 슬그머니 들어가 눈에 잘 띄지 않는 구석에 앉았다. 기다리다 보면 지탄다가 올 것이다.

아무개 군에게 뛰라고 욕까지 먹고도 걷는 것마저 그만둔 데는 어쨌든 이유가 있다.

오늘 아침, 운동장을 출발한 직후 나는 이렇게 생각하고 있었다. 어제는 나와 지탄다, 오히나타, 이렇게 셋이 지학 교실에 있었다. 그 뒤 이바라가 와서 오히나타가 고전부에 들어오지 않겠다고 했다고 알렸다. 대체로 틀린 이야기는 아니다.

그러나 지금까지 기억을 더듬어보고 이바라와 사토시에게서 몇 가지 이야기를 들으면서, 방과후 그 수십 분의 시간이 얼마나 중요했는지 어렴풋이 알게 되었다. '책을 읽고 있었기 때문에 기억이 없다'는 말로 넘어갈 수 없는 문제다. 각오를 다지고 나니 무의미하다고 생각해버리려던 기억도 되살아난다.

……그게 사실인지 아닌지를 떠나서, 지탄다는 오히나타의 탈퇴가 자기 탓이라고 생각하며 자기 잘못이라 받아들이려 하고 있다. 내가 어슬렁어슬렁 나타나서 '어떻게 될지도 모르니까 잠깐 서서 이야기 좀 하자'라고 한들 잠자코 고개를 가로저을 것이다. 그래 봬도 한번 마음을 정하면 굽히지 않는 녀석이다.

지탄다를 멈춰 서게 해야 한다.

그러기 위해서는 어제 방과후 몇십 분 동안 무슨 일이 있었는지 기억을 떠올려 추리해야 할 게 하나 있다. 지탄다는 오히나타가 왜 탈퇴했다고 생각하는가 하는 것을.

어쩐지 알 것 같다는 생각이 든다.

2. 과거 : 약 19시간 30분 전

정확한 시각까지는 모르지만 날이 저물기에는 아직 이른

시간이었다고 생각한다. 3층 2학년 A반 교실을 나와서 슬렁슬렁 고전부 동아리실인 지학 교실로 향했다. 현재 읽는 중인 문고본이 이제 얼마 남지 않은지라 얼른 읽어버릴 생각이었다.

집에 갈 채비를 갖춘 학생들이 복도를 오간다. 어느 동아리인지 몰라도 게시판에 포스터를 붙이는 녀석이 있었다. 커다란 상자를 끌어안고 앞이 안 보이는지 얼굴을 상자 오른쪽, 왼쪽으로 내밀며 걸어오는 녀석과 엇갈려 지나쳤다. 여느 방과후와 똑같이 높다란 웃음소리, 나지막한 웅성거림이 들려온다. 나는 주머니에 한 손을 넣고 있었다. 점심밥을 사고 남은 동전을 주머니 안에서 만지작거리고 있었다.

동아리실이 있는 특별동으로 가려면 연결 통로를 지나야 한다. 연결 통로는 두 층으로 되어 있는데, 맑은 날이면 옥상으로 갈 수 있다. 바람 부는 옥상으로 나오자 야구부가 금속 배트로 공을 때리는 날카로운 소리가 들려왔다.

가미야마 고등학교의 방과후는 대개 취주악부와 아카펠라부가 연습하는 소리가 들려오곤 하는데, 어제는 조용했던 것 같다. 모르는 여학생이 녹슨 난간에 몸을 기대고 세상에 즐거운 일 따위 하나도 없다는 양 울적한 표정을 짓고 있었다. 해가 더 기울었을 때라면 좀더 그림이 살았을 것 같다.

계단을 올라가 4층으로 향했다. 계단참에 게시판이 있는데, 신입생 가입 권유 기간도 끝나 녹색 바탕만 눈에 띈다. 유일하게 붙어 있는 포스터에는 아름다운 여배우가 미소를 짓고 있고 '잠깐만/밝게 살아가는/길도 있어'라는 문구가 적혀 있다. 뭔 말을 하고 싶은지 모르겠다.

특별동 4층을 사용하는 동아리는 올해부터 고전부와 천문부 둘이 되었다. 천문부는 가끔 소란스러울 때가 있는데 어제는 조용했다. 아무도 없는 복도를 지나 지학 교실로 가다 말고 앞으로 고꾸라지듯 멈춰 섰다.

빈 교실의 미닫이문. 그 위 문틀에 사람이 늘어져 있었다.

흉흉한 이야기지만 순간 목을 매단 줄 알았다. 밝게 살아가는 길도 있건만 어째서 그런 경솔한 행동을.

금세 그게 아니라는 것을 깨달았다. 두 손으로 문틀을 잡고 있는 것이다.

매달려 있는 것은 세일러복을 입은 여학생이었다. 닫힌 문을 보고 있어 옆얼굴만 보인다. 그래도 누군지 알아보기에는 충분했다. 시선을 내리니 감색 양말을 신은 발이 완전히 바닥에서 떨어져 있다. 말을 걸까 하다가 망설였다. 혹시 남에게 보이기 싫은 장면이라면 잠자코 못 본 척해주는 게 인정 아니겠나.

그러나 내 그런 배려도 헛되이, 소리를 낸 것 같지 않은데 내가 있는 것을 알아차렸다. "와!" 하고 소리를 지르는가 싶더니 손을 놓았다가 문에 부딪혀 엉덩방아를 찧었다. 용수철 튕기듯 벌떡 일어나 아무 일 없었던 것처럼 시치미뗐다.

"안녕하세요."

인사 한번 정중하다.

"그래, 안녕."

"날씨 좋네요."

"그러게 말이다."

오히나타 도모코가 어째서 방과후 특별동 4층에서 문틀에 매달려 있었는지, 지탄다가 이 자리에 있었으면 당장 궁금해할 심원한 수수께끼다. 생글생글 웃으며 슬그머니 손을 뒤로 돌려 치마를 턴다.

봤다는 것을 들켰는데 못 본 척하는 것도 이상하다. 되도록 무던하게 물을 방법을 찾아 지혜를 쥐어짰다.

"어, 음……."

의미도 없이 검지를 빙그르르 돌리다가 생각해냈다.

"그거냐, 키를 늘리려고 했던 거냐?"

서툰 마음씀씀이에 오히나타는 쓴웃음을 지었다.

"키는 안 늘겠죠. 늘어난다면 팔 아닐까요?"

"그럼 팔을 늘리려고 했던 거냐?"

"뭐, 대충 그래요."

오히나타는 슬그머니 시선을 창밖으로 돌리며 얼버무렸다. 곁눈으로 나를 보더니 물었다.

"선배는 동아리실에 가시는 거예요?"

"그래."

"그렇군요."

그렇게만 중얼거렸지만 예상이 어긋났다고 생각하는 것을 알 수 있었다. 내가 올 줄 몰랐나 보다. 고전부는 늘 정해놓고 모이는 게 아니다. 마음이 내키면 가고, 아니면 만다. 일 년이 지난 지금도 그것은 변함없다.

복도 막다른 곳, 지학 교실을 보니 미닫이문을 활짝 열어놓았다. 환기라도 하나.

"누가 있는 모양인데."

열린 문을 보며 말했다.

"부장이요."

"지탄다냐."

"후쿠베 선배는 위원회가 있대요. 잠깐 왔다가 금방 가셨어요."

사토시는 내일 있을 호시가야 배를 준비해야 한다. 오히려 여기는 왜 들렀는지 모르겠다.

"여전히 바쁜 녀석이군."

오히나타는 억지웃음을 지으며 고개를 끄덕였다.

"그러게요, 최근엔 토, 일요일도……."

말하다 말고 하려던 말을 삼켰다. 심오한 비밀을 언급하듯 정색하고 묻는다.

"선배는 후쿠베 선배랑 친구시니까 아시겠죠?"

지탄다만큼은 아니지만 오히나타도 이따금 이야기를 생략하는 버릇이 있음을 나는 알아차리고 있었다. 지탄다의 경우는 이야기가 너무 앞서가는 바람에 중간이 빠지는 패턴이 많다. 반면, 오히나타는 보아하니 말 안 해도 알아줄 것 같은 부분은 말 안 하는 게 친밀한 대화 방식이라고 생각하는 눈치다.

나는 사토시가 바쁜 녀석이라고 말했다. 오히나타는 그에 대해 토, 일요일도, 라고 말하다가 입을 다물었다. 나는 사토시의 주말 스케줄까지 파악하고 있지는 않지만, 바쁘리라는 짐작은 할 수 있다. 그에 관해 내가 아는 사실로 말하자면 하나밖에 없다. 하지만 대놓고 말하기는 껄끄럽다.

"그러는 넌……."

"전 저희 반 아는 애한테 들었어요."

"너희 반 아는 애?"

아무리 그래도 1학년 교실에까지 소문이 날 만큼 굉장한 일일 리는 없는데.

"아, 후쿠베 선배 여동생이 같은 반이거든요."

그렇군. 그러고 보니 사토시 동생도 이 학교에 들어왔다고 했다. 그렇다면 오히나타가 아는 것도 이상하지는 않지만.

"사토시 동생하고 친하냐?"

"네, 뭐, 도시락 같이 먹는 정도예요."

"난 많이 만나본 건 아니다만 상당히 별난 녀석 아니냐?"

오히나타는 고개를 갸웃했다.

"좀 개성적인가 싶긴 하지만 특이하다고 할 정도는 아닌데요. 후쿠베 선배 쪽이 더 특이하지 않나요?"

그러고는 여기서 일단 말을 중단한다.

자, 그 조금 개성적인 후쿠베 양에게 오히나타는 대체 무슨 말을 들은 건가.

서로 상대방의 기색을 살피는 시선을 주고받는다. 이 녀석은 어디까지 알고 있나, 어디까지 이야기해도 괜찮을까를 가늠하는 숨 막히는 침묵…….

금세 싫증났다. 내가 어째서 사토시 문제로 그렇게 조심조심 눈치보며 말해야 하나. 까놓고 말했다.

"사토시하고 이바라 이야기지?"

오히나타는 안도한 듯 표정을 누그러뜨렸다.

"아, 네. 역시 알고 계셨군요."

"결론이 난 모양이란 것밖에 모른다만."

남들 앞에서는 그런 언동을 그다지 보이지 않지만, 이바라는 오랫동안 사토시를 좋아한다고 말해왔다. 나는 늦어도 중학교 3학년 겨울에는 그 사실을 알고 있었다. 사토시는 이바라의 고백을 줄곧 얼버무려왔으나, 이바라를 응원할 생각도 사토시의 편을 들 생각도 없었던 나는 추이를 별로 주시하지도 않았다.

그래도 올해 봄방학, 사토시가 결말이 뻔한 촌극처럼 도망쳐 다니던 것을 그만두었다는 소식은 들어 알고 있었다. 그 이래로 주말은 스케줄이 꽉 차 있는 모양이다.

"그래서 그 아는 애한테 들었는데……."

여학생에게 뒷소문을 듣는 기회는 지금까지 누려본 적이 없어서 모르겠지만, 다들 이렇게 은밀한 기쁨을 만끽하는 듯한 표정인가? 오히나타는 목소리를 낮추고 말했다.

"그 두 사람이 사귀기 시작했으니, 후쿠베 선배는 한 사흘 '잘못했습니다'란 말밖에 못 하는 가여운 동물이 돼서 이바라 선배한테 사과했을 거라던데요. 무슨 일 있었나요?"

이런. 사토시의 소행이 여동생에게 들켜서 후배에게까지

이야기가 퍼지다니 참 딱한 일이다. 자세한 사정은 모르는 것 같다는 게 그나마 다행이다. 아닌 게 아니라 일 년 이상 대답을 질질 끈 대가를 치르려면 사토시는 이바라에게 해야 할 말이 있었을 것이다.

그렇지만 사실 별 관심은 없다. 기대 어린 눈초리로 쳐다보는 오히나타에게 간략하게 대답했다.

"기다리게 할 만큼 잘나지도 않았으면서 기다리게 한 건 사과했을 테지."

내가 생각해도 애매모호한 설명이다. 오히나타는 순간 어리둥절한 표정을 지었다.

좀더 캐물을 줄 알았는데, 오히나타는 뜻밖에도 미소를 짓고 이렇게만 말했다.

"그 말 좋은데요. 친하단 느낌이 들어서 좋아요."

뭐라 대답하면 좋을지 알 수 없었다. 오히나타는 나를 빤히 보며 살며시 웃기만 할 뿐. 좌우지간 언제까지고 서서 이야기하고 있을 수는 없다 싶어 지나치려는데 "저, 선배" 하고 불러 세웠다.

"왜?"

멈춰 서서 돌아보았다. 난을 불리놓고 "그게, 저기" 하고 어물거리던 오히나타는 이윽고 결심한 듯 말했다.

"잠깐만 기다려주세요."

그러고는 조금 전 매달려 있던 문을 향해 또다시 뛰어올랐다.

여기에는 놀라지 않을 수 없었다. 대체 뭘 하는 거냐고 물을 마음도 나지 않아, 기다리라고 했으니 기다렸다.

문틀에 매달려 있는 오히나타의 뒷모습이 보인다. 조금 전 엉덩방아를 찧으면서 치마에 희끄무레하게 먼지가 묻었다. 청소가 제대로 되어 있지 않다니 유감스러운 일이다.

"그나저나…… 공중에 떠 있는 거 지치네요."

확실히 지칠 것 같기는 하다만…….

"네가 자진해서 매달려 있는 거 아니냐?"

"뭐, 그런 것 같기도 하네요."

얼버무리듯 말한다.

나는 물었다.

"아니면 누가 매달아놓은 거냐?"

"그런 것 같기도 하고요."

잠시 생각해보았다. 누가 매달아놓은 것이라면 딱한 일이다. 나도 종종 누나에게 당해봤기 때문에 기분을 이해한다.

"그럼 그러면 어떠냐? 기어오를 수 없겠냐?"

오히나타는 얼굴만 돌리고 대답했다.

"그 정도 팔 힘은 없는걸요. 그보다……."

겨우 수십 초였을 것이다. 오히나타는 손을 떼고 이번에는 넘어지지 않고 무사히 착지했다. 그러고는 "손을 놔버리는 게 더 편하죠. 기다리시게 해서 죄송해요" 하며 겸연쩍게 웃었다.

확실히 그때 조금 이상하다는 생각은 했다. 신칸제 날 오히나타가 고전부에 가입했을 때, 나는 1학년치고 키가 크다고 생각했다. 스키장에서 까무잡잡하게 탄 피부, 곧잘 웃는 입, 넘치는 활기가 어쩌면 귀찮을지 모르겠다는 생각마저 했다.

그러나 어제 방과후, 특별동 4층 복도. 오히나타는 1학년답게, 아니, 오히려 아직 졸업하지 않은 중학생처럼 조그매 보였다.

"그럼 갈까요."

기운찬 목소리에서 허세를 느낀 것도 아주 틀리지는 않았다고 생각한다.

지탄다는 혼자 뭘 하고 있는 건가 했는데, 학생으로서 매우 온당하게 교과서와 사전을 펴놓고 예습하고 있었다. 우리가 들어가자 얼굴을 들고 생긋 미소를 지으며 책을 덮었다.

"무슨 이야기를 하신 거예요?"

놀랄 일은 아니다. 지학 교실 문은 활짝 열려 있었고 지탄다는 청각도 발달했다. 이야기 내용은 알아듣지 못해도 우리가 이야기하는 것쯤은 알 수 있었을 것이다. 거짓말할 마음은 없었으므로 정직하게 대답했다.

"사토시가 바쁜 것 같다는 이야기."

대화 내용 전부는 아니지만 거짓말도 아니다. 지탄다는 의심하지 않고 고개를 끄덕였다.

"네, 내일은 호시가야 배니까요."

사토시 외에 마라톤 대회를 호시가야 배라 부르는 사람은 처음 본 것 같다.

"오히나타 씨는 사흘 만이네요."

"아……. 그런가요?"

오히나타는 딴 데 정신이 팔린 것처럼 대답하며 지학 교실을 둘러보았다. 그리고 천천히 지탄다에게 다가갔다.

"저, 가까이 앉아도 될까요?"

지탄다는 어리둥절해하면서도 웃는 얼굴로 대답했다.

"네, 그럼요."

문이 열려 있었던 것은 역시 환기 때문이었나 보다. 운동장을 내다보는 창문 몇 개가 열려 있고 묶인 커튼이 살랑살랑 움직이고 있었다. 오월도 막바지에 접어든 지금 불어드는 바람은 차지 않다.

교실 뒤에서 세 번째 줄, 운동장 쪽에서 세 번째 자리가 내 지정석이다. 자리에 앉아 학교 지정 책가방에서 문고본을 꺼냈다.

의자를 끄는 소리가 나 눈을 들어보니, 오히나타는 지탄다 하나 앞자리에 앉아 있었다. 읽고 있던 페이지를 찾아 눈이 글자를 따라가기 시작했을 즈음, 지탄다와 오히나타의 말소리가 들려왔다.

어느 정도 시간이 흘렀을까.

"네" 하는 한마디로 집중이 깨졌다.

책은 재미있었지만 세세한 숫자가 줄줄이 나열되는, 별로 관심 없는 장면도 있었다. 이 부분은 건너뛸까 하는데 별안간 목소리가 들려 정신이 들었다. 얼굴을 들자 지탄다의 뒷모습이 보인다. 이쪽을 돌아보는 눈치는 없다.

잘못 들었나. 아니, 분명히 갑자기 "네" 하는 소리가 들렸다. 지탄다의 목소리였을 것이다. 아니면, 하고 생각했다가 그제야 깨달았다. 어느새 오히나타가 사라지고 없었다. 뭐, 이상한 일은 아니다. 집에 갔을 것이다.

어쨌거나 지탄다의 등을 향해 말을 걸었다.

"뭔 일이냐?"

큰 목소리는 아니었지만 들리지 않을 만큼 작게 말한 것도 아니었다. 그러나 지탄다는 꼼짝도 하지 않았다. 혹시 자나 싶었지만, 앉은 자세로 허리를 꼿꼿이 세우고 자다니 그런 재주 좋은 일이 가능하겠나. 다시 한번, 이번에는 혹시나 해서 큰 소리로 물었다.

"뭔 일이야?"

지탄다가 움찔했다.

어깨 너머로 천천히 돌아본다. 이제까지 본 적이 거의 없는 표정이었다. 입매는 경직되었고 눈에 빛이 없다. 겁에 질린 것처럼 고개를 살짝 흔들더니 금세 다시 돌려버렸다. 무슨 일인가 마음에 걸리기는 했지만, 둘밖에 없는 교실에서 중대한 문제가 일어날 리도 없다. 또, 문제가 있다면 지탄다는 망설이지 않고 "신경쓰여요"라고 할 테니 별일 아닐 것이다.

어느새 바람이 일기 시작한 듯, 지학 교실에 세차게 불어든다. 아직 날 저물 때는 아니지만 기온도 조금 낮아졌다. 나는 창문을 닫으러 갔다. 지탄다는 여전히 등을 돌린 채 꼼짝하지 않았다.

자리로 돌아와 다시 책을 읽기 시작했다.

숫자가 많은 대목을 건너뛰어 몰입했다가 그다음 고개를 든 것은 한 장章이 끝난 다음이었다. 아마 그렇게 오래 지나지는 않았을 것이다.

끝까지 읽을 생각이었지만 조금 어두워졌다. 집에 그만 가는 게 나으려나 싶어 책을 내려놓는데 문이 열리고 이바라가 들어왔다.

이바라는 당황한 표정을 지으면서, 그리고 약간 걱정스레 물었다.

"저 말이야, 무슨 일 있었어?"

지탄다가 말꼬리를 흐리면서도 "아뇨" 하고 중얼거리자, 이바라는 복도를 돌아보더니 목소리를 낮추고 이렇게 말했다.

"방금 저기서 히나를 만났는데, 안 들어오겠대."

3. 현재: 14.5km 지점 : 남은 거리 5.5km

버스 정거장의 어둠 속에 숨은 내 앞을 가미야마 고등학교 학생들이 잇따라 달려간다. 운동장을 출발했을 때부터 저러지 않았을까 싶을 만큼 경쾌한 리듬을 유지하는 녀석이 있는가 하면, 오르락내리락 하느라 체력을 소진했는지 당장 숨넘어가게 생긴 녀석도 있다. 호시가야 배에 싫증이 났는지 시적시적 걸어가는 녀석도 있었다.

아래를 쳐다보며 조용히 생각하고 싶지만 그래서는 지탄다를 놓칠 위험이 있다. 부서질 것 같은 플라스틱 벤치에 걸터앉아 턱을 쳐들고 생각에 잠겼다.

내가 생각하기에 오히나타가 탈퇴하게 된 이유는 신칸제부터 어제까지 몇십 일 사이에 있다. 그런 의심에 의거해 기억을 더듬다 보니 과연 묘하다 싶은 일이 몇 가지 있었다. 이바라와 사토시에게 던졌던 질문의 답도 그런 의심을 뒷받침해준다고 생각한다.

하지만 지탄다는 어떨까. 어제 보기로 지탄다는 오히나타가 탈퇴하려는 이유를 나름대로 짐작하고 있다. 그 이유가 몇십 일에 걸쳐 누적되었다고 생각하고 있을까. 아니면 어제 하루, 방과후 수십 분간에 이유가 있다고 생각하고 있을까.

만약 몇십 일 동안 생긴 이유라고 생각한다면 이런 이야기가 된다.

지탄다는 자신이 오히나타를 힘들게 하고 있음을 자각하고 있었다. 명확한 적의, 악의를 가지고 그랬다고 단언할 수는 없지만, 적어도 어제 오히나타가 탈퇴 의사를 밝혔을 때 '아아, 내가 지금까지 그런 짓을 했기 때문에 오히나타가 그만두는구나' 하고 바로 알 만큼은 자각이 있었다. 단적으로 말해 괴롭혀서 쫓아냈다는 구도가 된다.

만약 몇십 분간에 이유가 있다고 생각한다면 이런 이야기가 된다.

지탄다는 어제 내가 문고본 속 스파이의 대활약에 가슴 설레는 동안 오히나타를 결정적으로 화나게 할 행동을 했다. 예컨대 닭튀김을 먹으려는데 물어보지도 않고 레몬즙을 뿌리는 것 같은 일이다. 오히나타는 화가 나 '이런 사람과는 상종하기 싫어요!' 하며 탈퇴했다. 이쪽은 감정이 폭발한 경우다.

어느 쪽일까.

오히나타는 분명히 몇십 일 동안 쌓인 게 있었다. 그렇기에 '겉모습은 보살'이라는 지극히 완곡한 표현으로 지탄다를 비난했다.

그렇다면 지탄다는 야차였나? 오히나타에게 줄곧 심리적 압박을 가해 탈퇴로 몰아넣었나?

생각해야 할 게 무엇인지 조금씩 뚜렷해진다.

기다리는 처지는 힘들다. 어제 오히나타가 그랬듯 공중에 떠 있으면 지친다.

최악의 사태는 말하나마나 어느새 지탄다가 지나가버렸다

는 패턴이다. 그 경우, 나는 이 버스 정류장에서 오지 않는 사람을 기다리고 또 기다린 끝에 어느 겨울날 아침 싸늘한 주검으로 발견되어 후세에 '지탄다를 기다리며'라는 제목으로 무대화될 것이다. 어쨌거나 우리 둘의 거리가 어느 정도인지 이미 짐작도 할 수 없다.

생각해보았다.

여기서 가미야마 고등학교까지 돌아가야 호시가야 배가 끝난다. 하지만 뛰기는 귀찮다. 아니, 뛸 힘도 없다. 한편, 내가 있는 곳은 버스 정류장이다. 버스는 이동 수단이다.

그렇다면 차라리 버스 타고 학교까지 가자. 괜찮다, 주머니에 동전이 들어 있다. 중간에 목이 마르면 자판기에서 마실 것을 사려고 챙겨 왔다. 명안이 아닌가. 계산에 자신이 없으면 계산기를 쓰면 된다. 영어에 자신이 없으면 번역기를 쓰면 된다. 뛰기 싫으면 적절한 별도의 교통수단을 검토하면 된다는 것을 나는 처음부터 알고 있었다. 이런 게 바로 인생을 살아가는 지혜 아니겠나. 아아, 오늘은 참 좋은 것을 배웠다.

그런 생각을 하는데 지탄다가 지나갔다.

순간 확신하지 못했다. 체육복의 흰 반소매 티셔츠에 적자색 반바지 차림이 생소했던 탓도 있지만, 긴 머리를 묶으니 인상이 전혀 딴판이다. 지탄다가 머리를 올린 것은 새해 첫

참배 때 봤다. 기모노에 맞춰 머리를 올리고 왔었다. 하지만 높다랗게 묶은 것은 처음 본 것 같다. 평소 자태를 알다 보니 입술을 살짝 벌리고 달리는 지탄다를 하마터면 못 알아볼 뻔했다.

일어나 나도 뛰기 시작했다. 당황하다가 출발이 늦어졌으므로 서둘렀다.

마라톤도 코스의 절반을 지난데다 험한 고개를 넘은 직후인데도 지탄다는 피로한 기색이 전혀 없었다. 옆구리에 딱 붙인 두 팔을 가볍게 흔들고 아스팔트를 차면서 길 위에 그려진 흰 선을 고지식하게 지키며 리드미컬하게 달려간다.

길은 울창한 숲과 앞으로 볏모가 자랄 논 사이를 똑바로 뻗어나간다. 최근 포장을 다시 했는지 아스팔트가 짙은 검은색에 새것이다. 정오가 되려면 아직 조금 더 있어야 할 것 같은데, 고도를 높인 태양이 눈에 들어와 실눈을 떴다. 지탄다와의 거리를 어림하며 달린다.

느닷없이 나타나면 좀 그럴 것 같다. 코스 초반도 아닌데 달리면서 다른 사람을 신경쓸 여력은 없겠지만, 그래도 앞뒤를 달리는 동급생들 보는 눈도 있다. 그렇지만 미행 같아지는 것도 느낌이 좋지 않다. 되도록 빨리, 그러면서 자연스럽게 따라붙어야 한다.

그렇게 생각해 어느 정도 거리를 좁혔다. 손을 뻗어도 닿지 않지만 부르면 목소리는 들릴 만큼.

그런데 거기서부터가 멀었다.

목소리가 목구멍에 들러붙는다. 다리가 무겁다. 다리의 통증까지 도진 것 같다. 순식간에 숨이 가빠졌다.

"곤란한데."

입속으로 중얼거렸다.

따라잡을 성싶지 않다.

따라잡고 싶지 않기 때문이다. 따라잡으면 나는 내 추리를 제시해야 한다. 그 생각을 하니 노골적으로 발이 느려졌다. 내 추리는 아마 맞을 것이다. 하지만 그래도 결심이 서지 않았다.

오십 미터일까. 아니면 백 미터일까. 혹시 더 먼 거리? 나는 지탄다와 일정한 거리를 유지한 채 가까이 가지도, 멀어지지도 못하겠다. 언제까지고 이렇게 지탄다의 묶은 머리가 좌우로 살랑살랑 흔들리는 것을 보며 달리고 있을 수는 없는데.

어금니를 악물고 마음을 다졌다.

그와 거의 동시에 믿기 어려운 일이 벌어졌다.

지탄다가 달리면서 상반신을 틀어 뒤를 돌아보았다.

눈이 마주쳤다.

가는 수밖에 없다. 속도를 높였다. 지탄다는 돌아보기는 했지만 설마 내가 있을 줄 몰랐나 보다. 눈을 동그랗게 뜨더니 곧바로 얼굴을 앞으로 되돌렸다. 뒤를 보며 달리면 위험하다. 학교 교육의 일환인 호시가야 배에 진지하게 임하는 지탄다는 속도를 늦춰주지는 않았지만 떼치려 하지도 않았다.

결심만 서면 금세 따라잡을 수 있다. 오월도 막바지, 나와 지탄다는 바람을 맞으며 나란히 달렸다.

지탄다는 달리는 리듬을 바꾸지 않은 채 곁눈으로 얼핏 보았다. 침착함을 가장하며 말했다.

"미안하다. 말을 걸 생각이었는데 그게……."

미행 같아지면 느낌이 좋지 않다고 생각해놓고 딱 그렇게 되고 말았다.

내 변명에는 관심이 없는 것 같았지만, 운동으로 인해 단단히 죄인 지탄다의 표정에 순간 의문의 빛이 떠올랐다. 호흡을 흐트러뜨리고 싶지 않은지 짤막하게 묻는다.

"어떻게 여기에?"

나는 원래 훨씬 앞서가고 있어야 한다는 것을 깨달았나 보다. 일이 여기에 이른 이상 주저할 때가 아니다.

"오히나타하고 말해볼 생각이다."

"……."

"그러기 전에 네 이야기를 듣고 싶어."

얼마 동안 지탄다의 입에서 밭은 숨만 흘러나왔다. 속도는 조금도 변화가 없다. 몇십 센티미터 간격을 두고 나란히 달리며 대답을 기다렸다.

지탄다는 이윽고 괴로운 눈빛으로 말했다.

"제 잘못이에요."

"어제 이야기지?"

"저와 오히나타 씨 문제예요."

호흡을 가다듬는 동안 잠시 뜸을 들였다가 말을 이었다.

"후의는 감사하지만 폐를 끼칠 수는 없어요."

건조로 인해 축축해진 눈동자로 앞을 똑바로 바라보며 지탄다는 그 이상 아무 말도 하지 않았다. 지탄다가 혼자 책임을 지려 할 것은 예상하고 있었다. 그저 이야기를 듣고 싶다고만 해서는 멈춰 서지 않으리라는 것을 알고 있었다.

그래도 되도록이면 비장의 카드를 쓰지 않고 끝낼 수 없나 싶어 다시 한번 말했다.

"어제 이야기를 듣고 싶어. 오히나타는 뭔가 착각하는 걸지도 몰라."

"마음은 고맙습니다. 정말이에요. 그렇지만……."

지탄다는 고개를 살짝 돌려 내게 미소를 지어 보였다.

"다른 사람들은 아무 잘못이 없으니까요."

달리는 중이 아니었다면 한숨을 쉬고 싶은 기분이었다. 이 녀석이라면 분명 그렇게 말할 줄 알았다. 이로써 안 것도 하나 있지만…….

어깨에 손을 얹어 멈춰 세우고 싶지만 그럴 수도 없을 것이다. 내 말이 지탄다의 마음에 가급적 강하게 도달하기를 바라며 말했다.

"아니."

지탄다의 옆얼굴을 향해 타일렀다.

"그렇지 않아. 오히나타는 휴대전화를 봤다고 화내는 게 아니야."

일정한 리듬을 유지하던 지탄다의 호흡이 처음으로 흐트러졌다.

코스 옆으로 숲이 있는데, 신사 경내의 숲인가 보다. 길은 미즈나시 신사 앞에서 강변으로 옮겨간다.

경내에 인기척은 없다. 무슨 새인지 지저귀는 소리가 들린다. 손 씻는 곳과 별도로 물이 샘솟는 데가 있었다. 비스듬히 자른 대나무에서 흘러나오는 물을 지탄다는 국자로 받아 입으로 가져갔다.

"저, 장거리 달리기는 꽤 자신 있거든요."

체육복 옷자락을 바로잡으며 말한다.

"끝까지 걷지 않고 골인할 생각이었는데요."

"미안하다."

"여기 물 시원하고 맛있어요. 오레키 씨도 드셔보세요."

그러면서 자리를 비켜주기에 손을 씻고 두 손에 물을 받았다. 샘물은 정신이 번쩍 들 만큼 차서 벌컥벌컥 마셨다간 배탈 날 것 같았다. 입에 머금었다가 천천히 목으로 넘겼다.

도리이 앞으로 가미야마 고등학교 학생들이 달려가는 게 보인다. 도리이를 지나 계단을 올라간 곳에서 우리가 보고 있음을 아무도 모를 것이다. "길가에서 할 이야기가 아니라서요"라며 지탄다가 미즈나시 신사로 들어올 것을 제안했다. 아닌 게 아니라 조용한 게, 차분히 이야기할 수 있을 것 같다.

지탄다는 고개를 수그린 채 오른손으로 왼팔을 끌어안듯 하고 서 있었다. 내가 물을 다 마시기를 기다렸다가 침착한 목소리로 물었다.

"제가 한 짓을 보셨군요."

"아니, 보지는 않았어. 그러니까 자세한 건 모른다."

"보지 않으셨다고요?"

그렇게 중얼거렸을 뿐 뒷말을 재촉하지는 않았다. 나는 한 번 더 샘물로 손을 적셨다. 시원하게 식어가는 느낌이 기분 좋다.

"난 뒷모습밖에 못 봤다. 그리고 네가 '네' 하고 대답하는 걸 들었을 뿐이고. 그렇지만 뭐, 이럭저럭 알겠더라."

"제가 그런 말을 했던가요?"

"역시 무의식중에 그런 거냐."

쓴웃음을 지었다.

어제 몇십 분간의 기억을 더듬어 "네" 하는 목소리를 떠올렸다. 그때도 갑자기 뭔 소리인가 싶었지만, 지탄다가 딱히 아무 말도 않기에 별일 아니라 생각하고 잊어버렸다.

그러나 그 한마디가 소설에 빠져 있던 나를 정신 들게 했을 때, 지학 교실에는 나와 지탄다밖에 없었다. 그리고 만약 내가 부른 것 같아서 지탄다가 "네"라고 했다면, 그 뒤 무슨 일이냐고 물었을 때 당연히 대답했을 것이다.

그렇다면 그건 무엇이었나. 예컨대 바람 소리 같은 것을 잘못 들었다 치더라도 그 뒤 내가 불렀을 때 대답했을 것이다. 그런데 첫 번째는 돌아보지도 않고, 두 번째도 그저 고개만 흔들었다.

그 의미를 그 자리에서 알아차릴 만도 했다. 즉, 지탄다는 내게 말을 하고 싶지 않았던 것이다. 이유는 무엇인가.

갑자기 말도 섞고 싶지 않을 만큼 싫어졌을 리는 없다.

"그 '네'는 전화를 받는 소리였던 거지."

"그런……가요."

"전화를 받았다는 건 맞냐?"

"네, 전 분명히 전화를 받았어요. 하지만 그때 '네'라고 했는지 '여보세요'라고 했는지, 기억이 잘 안 나요."

그럴 만도 하다. 응답으로 하는 말을 의식해서 하지는 않는다. 그렇지만 만약 '여보세요'라고 했더라면 지탄다가 무엇을 하고 있는지 그 자리에서 바로 알았을 텐데.

"내가 불러도 고개만 흔들고 아무 말도 안 했어."

"그건 기억나요. 그게……."

"통화중이었으니 다른 목소리가 들리면 곤란하겠지."

지탄다는 고개를 끄덕였다.

전화는 물론 지탄다가 건 게 아니라 걸려온 것이다. 아니면 첫마디가 '네'일 리 없다.

하지만 지탄다는 휴대전화가 없다. 이유는 모르지만 어쨌든 없다. 그럼 전화는 누구 것이었나?

지학 교실에서 수업을 받은 학생이 두고 간 것일 수도 있다. 그래서 방과후 전화가 걸려왔을 가능성을 생각했다.

그러나 검토 결과, 그 가능성은 낮다고 결론을 내렸다.

"만약 모르는 사람 전화였다면 전화가 왔을 때 그런대로 큰 소리가 났을 거다. 그런데 난 아무 소리 못 들었어."

수신하는 벨소리가 나든, 휴대전화가 없는 나도 종종 듣는 그 '웅' 하는 진동음이 나든 했을 터. 그 소리가 내가 있는 곳까지 들렸다면 일시적으로 집중이 끊겨 있던 내가 알아차렸을 것이다. 실제로 그 뒤 '네' 하는 목소리에는 반응했다.

즉, 소리가 나지 않았거나 아니면 아주 작았다는 뜻이다. 어째서?

"전화기가 오히나타 거라면 말이 되지."

"오히나타 씨 휴대전화는 소리가 안 난다고요?"

"그럴 리 있냐. 그런 게 아니야. 기억을 되살려봐라. 오히나타의 전화기는 어디 있었냐?"

지탄다는 곧바로 대답했다.

"책상 위에 있었어요. 앉을 때 오히나타 씨가 올려놨어요."

그러고 보니 전에 방과후 가고시마 명과를 꺼내놓고 먹은 적이 있었다. 그때도 오히나타는 휴대전화를 책상 위에 꺼내놓았다. 사복 차림이었을 때는 그랬다는 기억이 없으니 교복을 입었을 때만 나오는 습관일 수도 있다.

"어제 네 책상 위엔 교과서하고 노트가 있었어. 딱딱하지 않은 물건 위에 휴대전화가 놓여 있었기 때문에 진동 소리가 흡수돼서 나한테 안 들렸던 거다."

지탄다는 전화를 받았다. 그런데 나는 전화 벨소리를 못 들었다. 이 두 가지 사실에서 전화가 걸려온 게 오히나타의 휴대전화였다고 추론할 수 있다.

다른 사람 집에 갔을 때 전화가 왔는데 집주인이 없을 경우 어떻게 할 것인가. 무시하고 전화벨이 그치기를 기다리는 것도 한 방법이다. 그렇지만 전화를 받아 이 집 사람이 지금 자리에 없다고 알리는 것 또한 방법이기는 하다. 실제로 저번 '블렌드'에 모니터 요원으로 갔을 때, 지탄다는 방문했던 집의 전화를 받는 바람에 늦게 왔다. 어제도 휴대전화에 전화가 걸려온 것을 깨닫고 대신 받아주었을 것이다.

그러나 그 행동은 단순한 선의로 끝나지 않았다.

"어제 네가 전화를 받았을 때 물론 오히나타는 없었어. 그렇지만 집에 간 건 아니었던 거로군. 마침 화장실인지 어딘지 가느라 교실에 없었을 뿐. 그래서 곧바로 돌아왔어. 그리고 네가 휴대전화를 쓰는 걸 본 거야."

지탄다는 살짝 고개를 끄덕였다.

어제 "네" 하는 소리가 들린 뒤, 나는 불어드는 강한 바람이 선득하게 느껴져 창문을 닫았다. 바람이 통한 것을 보면 그 시점에서 지학 교실 문은 아직 열려 있었을 것이다. 그런데 이바라가 왔을 때 문을 열고 들어왔다는 기억이 있다.

그렇다면 그사이 누가 문을 닫았다는 말이다.

그게 오히나타였을 것이다. 오히나타는 도중에 자리를 떴다가 돌아와서, 그러고 정말 집으로 돌아갔다. 그때 문을 닫았고, 중간에 이바라를 만나 가입하지 않겠다고 말한 것이다.

"책상 위에서 오히나타 씨 휴대전화가 진동하기 시작했어요."

지탄다가 이야기를 시작했다.

"오히나타 씨는 화장실에 가고 없었어요. 허락도 없이 받으면 미안하다는 생각도 들었지만, 혹시 중요한 용건이면 어쩌나 싶어서…… 일단 들었어요. 그랬더니 무슨 버튼을 모르고 건드렸는지 진동이 그치는 거예요. 기억은 안 나지만 제가 '네'라고 했다면, 그건 전화가 연결됐다고 생각해서예요. 그런데 저쪽에서 아무 말도 하지 않았어요.

다른 사람 물건인데 귀에 갖다 대는 것도 그래서 손바닥 위에 올려놓고 무슨 소리가 안 들리는지 귀를 기울이고 있었어요. 아무튼 망가뜨리면 안 된다는 생각밖에 없어서……. 오레키 씨가 부르셨던 건 기억나요. 지금 생각하니 의논하면 좋았을걸 그랬네요."

통화가 시작됐다고 생각했으니 어쩔 수 없다.

"손바닥에 얹어놓고 있었다. 그런데 상대방은 아무 말도 하지 않았다?"

"네."

그렇다면 십중팔구 지탄다는 휴대전화를 쓰지 않았다.

사토시 전화기를 몇 번 만져본 적이 있는 터라 알 수 있다. 오히나타의 전화기가 진동한 것은 전화가 와서가 아니다. 아마 문자가 왔을 것이다. 지탄다가 버튼을 잘못 누른 게 아니다. 일정 시간 동안 진동했다가 멈춘 것뿐이다. 또는 실제로 전화가 왔는데 일정 시간 뒤 음성 사서함으로 넘어갔을 수도 있다. 어쨌거나 지탄다는 전화기를 손바닥 위에 올려놨을 뿐 전화를 받았다고 할 수는 없다.

하지만 오히나타가 그것을 판단하는 것은 불가능했다.

"오히나타 씨가 돌아왔어요. 저를 그런 눈으로 볼 줄은 몰랐고, 목소리도 안 나와서……. 제 손에서 휴대전화를 집더니 가느다란, 그리고 차가운 목소리로 '안녕히 계세요' 하고 나갔어요. 참 바보죠. 전 그제야 제가 실수했다는 걸 깨달았지 뭐예요."

"한낱 휴대전화야."

"제게는 한낱 전화예요. 그렇지만……."

지탄다는 애써 미소 지었다.

"소중한 물건은 누구에게나 있어요."

중얼거리듯 말했다.

"제가 안 가지고 있으니까 오히나타 씨에게 휴대전화가 얼마나 소중한지 몰랐던 거예요. 나중에야 알았어요. 그건 갖고 있는 사람에게는 일기장처럼 소중한 물건이더군요. 아뇨, 어쩌면 그보다 더 소중할지도 몰라요. 친구 일기장을 말없이 훔쳐보는 것 같은 일을 했다면 그것만으로 절교당하기도 하겠죠. 누구에게나 비밀이 있다는 걸 알고 있었으면서……. 오히나타 씨가 제게 화가 날 만도 해요."

이해 못 할 것은 없다. 때로는 그런 일도 있을지 모른다. 나도 휴대전화가 없는지라 그게 다른 사람의 역린을 건들 만한 일인지 아닌지 확실히는 알 수 없다.

"그래서 어쩔 거냐?"

"학교로 돌아가면 오히나타 씨에게 사과하러 갈 생각이었어요. 어제는 그것조차 할 수 없었으니까요."

지탄다의 인식으로는 당연히 그럴 것이다. 성의를 다해 사과하면 용서해줄지도 모른다. 만약 정말로 휴대전화만이 문제였다면.

그러나 어제 일어난 일, 지탄다와 오히나타 사이에서 벌어진 일은 그게 아니다. 오히나타는 지탄다가 휴대전화를 건드린 것을 보고 화가 났을 것이다. 그것은 마지막 지푸라기였을 수는 있지만, 물론 전부는 아니다. 나는 말했다.

"그만두는 게 좋을 거다. 소용없어."

지탄다는 조그맣게 고개를 끄덕였다.

"네. 전화 때문이 아니라고 하셨죠. 그게 사실이라면 소용없겠죠. 하지만 그럼……."

입을 다물고 얼마 동안 생각하고 있었다.

평소에는 둔할 때도 많으면서 지탄다는 이런 때만은 민감하다. 문득 얼굴을 들더니 쓸쓸하게 말했다.

"저도 모르는 사이에 제가 그 애에게 상처를 줬군요."

그런 뜻이 된다.

어제, 동아리실에 들어가기 전 오히나타는 기묘한 행동을 했다. 문틀에 매달려 무엇을 하고 있었나. 아마 뭘 하고 싶었던 게 아닐 것이다. 지학 교실은 문이 열려 있어 복도에서 안이 보였다. 오히나타는 지탄다 혼자 있는 것을 알고 주저한 것이다. 조금 전 내가 지탄다를 뒤따라가며 말을 걸기를 주저했던 것처럼.

학생 지도실로 호출됐을 때, 무슨 일로 부르는지 몰라 문

앞에서 용기를 내려고 뺨을 짝 때린다. 누나 편지가 배달됐을 때, 또 시답지 않은 내용일 것이라고 하늘을 우러르며 한숨을 쉰 다음 편지를 뜯는다. 그런 결의를 다지는 의식儀式의 의미로 문틀에 매달린 것이다.

즉, 오히나타는 결전에 임하는 각오로 동아리실로 향한 것이었다. 처음부터 지탄다와 대결할 생각이었다. 내가 나타나자 낙심한 눈치였던 것도 무리가 아니다.

지탄다는 두 손을 앞으로 모으고 어두운 표정으로 눈을 들지 않았다. 이내 한숨쉬듯 중얼거렸다.

"믿어달라는 말은 못 하겠죠."

"뭘?"

"그럴 생각은 없었다는 걸요. 저는 오히나타 씨에게 좋은 선배가 아니었던 모양이에요. 그렇지만 일부러 그런 건 아니거든요. 지금도 뭐가 문제였는지 모르겠어요. ……그걸 믿어달란 말은 할 수 없어요."

무슨 얼빠진 소리를 하나 싶었다. 이야기가 왜 그렇게 되는지 모르겠다. 지탄다가 하는 말은 가끔 조리가 맞지 않을 때가 있다.

"뭘 이제 와서."

"네, 그렇죠."

"네가 오히나타를 괴롭혔다고 생각했으면 마라톤 중에 멈춰 세웠겠냐? 안 그래도 이렇게 지치는 날에 일부러."

지탄다가 흠칫 놀라 고개를 들었다. 반대로 나는 눈을 피했다.

이 부분이 가장 큰 도박이었다. 지탄다는 일부러 그런 짓을 했나. 겉으로는 생글생글 웃으면서 뒤에서 오히나타에게 상처를 주고 가입을 포기하게 할 행동을 했나?

근거는 그건 아니라는 내 생각뿐이었다.

작년이었다면 지탄다가 그랬다고 생각했을지도 모른다. 다양한 정보가, 내가 모르는 곳에서 지탄다가 의식적으로 오히나타에게 압력을 가했음을 가리키고 있었다. 그것을 명확하게 부정할 재료는 없었다.

하지만 지난 일 년간. 비록 전부는 아니라도, 아니, 아주 작은 일부에 불과하기는 해도, 나는 지탄다를 봐왔다. 지탄다의 외삼촌 이야기를 들었다. 비디오 영화 시사회에 따라갔다. 온천에서 합숙했다. 학교 축제에서 문집을 팔았다. 방과 후 시시껄렁한 이야기를 했다. 헛간에 갇혔다. 히나에게 우산을 받쳐주었다.

그렇기에 그건 아니라고 생각했다.

보통 고등학생보다 온화한 말씨에 벽을 느낄 때는 있어도,

지탄다가 신입생을 쫓아낸 것은 아니라고 생각했다.

'생각했다'라는, 합리적이라고 할 수 없는 판단에 의거해 돌이켜보았다. 그러자 '오히나타는 과거 몇십 일에 걸쳐 지탄다에게 압력을 느꼈지만, 지탄다에게는 그런 의도가 없었으며 어디까지나 어제 몇십 분간의 일로 화나게 했다고 생각하고 있다'는 구도가 보였다. 나는 그에 걸었다. 보아하니 도박에 이긴 모양이다.

미즈나시 신사는 삼나무 거목들로 둘러싸여 있다. 새소리는 그칠 줄 모른다. 곁눈으로 지탄다를 보니, 나뭇가지 새로 비쳐드는 햇살 아래 부모를 찾은 길 잃은 어린애 같은 얼굴이었다.

"오레키 씨, 저……."

공교롭게도 뒷말을 듣고 있을 시간은 없다. 지탄다의 반은 2학년 중 맨 끝으로 출발했다. 오히나타가 따라붙기 전까지 모든 것을 밝혀내야 한다.

"그래서 어제는 무슨 이야기를 한 거냐?"

지탄다는 할말이 있는 듯했지만 이내 결심하고 고개를 끄덕였다.

"알겠어요. 말씀드릴게요."

그러나 금세 조그만 목소리로 이렇게 중얼거리는 게 내 귀에도 들렸다.

"그렇지만…… 평소랑 다를 바 없는 방과후였는데요."

4. 현재 : 14.6km 지점 : 남은 거리 5.4km

어제는 영어 숙제를 하고 있었어요.

복도에 누가 있다는 건 알고 있었어요. 어제는 조용해서 발소리가 잘 들렸거든요. 하지만 근처까지 와서 들어오려 하지 않는 그 사람이 누군지는 오레키 씨가 오고 나서 알았어요. 오레키 씨와 이야기하는 걸 듣고 오히나타 씨라는 걸 알았답니다.

오히나타 씨가 저에 대해 벽을 느끼고 있다는 건 사실 눈치채고 있었어요. 대하는 태도가 너무 정중해서 그런가 신경쓰고 있었고요. 그렇기에 어제 오히나타 씨가 먼저 말을 걸어줘서 기뻤어요.

처음에는 책상 위에 있던 교과서 이야기를 했어요. 영어가 자신 없다는 것, 수학을 공부해서 무슨 소용이 있는지 모르겠다는 것, 저는 무슨 과목을 잘하느냐는 것. 평범한 잡담이라고 생각했어요.

그러고는 날씨 이야기를 했어요. 다음날이 호시가야 배니까, 오히나타 씨는 비가 왔으면 좋겠다고 했어요. 전 오히나타 씨가 운동을 좋아한다고 생각했던 터라 의외라고 말했던 것 같아요. 오히나타 씨는 웃으면서 '취미로 크로스컨트리를 하는 거하고 학교에서 시켜서 뛰는 거하고 전혀 다른걸요'라고 했어요.

그렇지만 그런 이야기는 전부 서론이었던 것 같아요. 지금 생각하면 그렇다는 거지만, 오히나타 씨는 처음부터 제게 할 이야기가 있었는지도 모르겠어요. 대화가 끊기면 할말이 있는 눈치를 보였거든요. 이야기해보라고 채근하지는 않았지만, 못 하게 막지도 않았다고 생각해요. 그렇지만 오히나타 씨는 살짝 한숨을 쉬더니 여느 때처럼 밝은 목소리로 이렇게 말했어요.

"이바라 선배는 오늘 쉬시는 거죠."

마야카 씨가 올지 안 올지는 아직 알 수 없었지만 저는 말을 맞췄어요.

"그러네요. 만화 연구회 쪽으로 갔을지도 모르겠네요."

그랬다가 바로 깨닫고 수정했어요.

"아, 아니네요, 그곳은 그만뒀죠."

오히나타 씨는 흥미가 동했나 봐요. 몸을 앞으로 약간 내밀었던 게 생각나요.

"네? 이바라 선배, 만연에 있었어요?"

"네, 그래요. 그림을 잘 그린답니다. 만연에도 친한 친구가 몇 명 있었던 것 같지만 저는 그만두길 잘했다고 생각해요."

그랬더니 오히나타 씨의 얼굴이 약간 굳었어요.

"선배, 만화를 좋아해서 만연에 들어갔던 거죠? 그런데다 친구까지 있었는데 어째서 그만두길 잘한 거죠?"

저는 약간 망설였어요. 만화 연구회에서 마야카 씨가 얼마나 힘들어했는지 알기 때문이에요. 마야카 씨는 힘들었던 자기 경험을 결코 오히나타 씨에게 말하지 않을 테죠. 그런데 제가 말해도 되는 건지 알 수 없었어요.

그래서 자세한 사정은 빼고 대략만 이야기했어요.

"그러게요, 마야카 씨도 애착은 있었던 것 같지만…… 만연에 마야카 씨와 다른 식으로 생각하는 사람들이 좀 많았나봐요. 물론 타협하는 길도 있었겠죠. 작년에는 실제로 여러모로 견디면서 지냈던 것 같고요.

그렇지만 그런 사고방식은 틀렸다고 생각하면서 타협을 계속한다는 건 쉽지 않은 일이거든요. 미련이 남아도 만연을 그만둔 건 영단이었다고 생각해요."

오히나타 씨는 뜻밖이란 생각이 들 만큼 진지하게 듣고 있었어요. 제 눈을 빤히 들여다보듯 하면서, 제가 당황해서 얼굴을 숙였더니 이렇게 말했어요.

"그렇다고 저버릴 건 없지 않나요?"

저버린다는 표현은 너무 가혹해요. 오레키 씨는 아시겠지만, 마야카 씨는 만연의 다수파에게 양보한 것뿐이죠. 하지만 보기 나름으로는 마야카 씨를 따르던 소수파를 버린 게 될지도 몰라요. 그렇게 생각해서 저는 말했어요.

"그건 괴로운 일이지만, 마야카 씨는 자기 자신을 보호해야 해요. 싸움으로 상처를 입어도 만연 사람들은 마야카 씨를 지탱해주지 않았어요.

사실 애초에 마야카 씨가 낄 필요가 있는 싸움이 아닌걸요. 좀더 초연하게, 나는 만화가 좋은 것뿐이란 태도로 있었으면 좋았을 거예요. 그렇지만 이미 끝난 일이고, 마야카 씨는 그런 사람이 아니니까요.

언젠가 떠나야 한다면 학년이 바뀔 때가 좋은 기회 아닐까요?"

오히나타 씨는 생각에 잠겼어요. 오히나타 씨가 마야카 씨를 이렇게 열심히 생각해준다는 게 조금 기뻤어요.

얼마 있다가 오히나타 씨는 저도 거짓이란 걸 알 수 있는 표정으로 웃음을 짓고 "타이밍은 나쁘지 않네요" 하면서 일어났어요.

그러고는 "잠깐 나갔다 올게요" 하고 교실에서 나간 거예요.

오레키 씨, 전 역시 모르겠어요. 저희 어제 방과후에 그렇게 이상한 이야기는 안 했는데요.

5. 현재 : 14.6km 지점 : 남은 거리 5.4km

지탄다가 그렇게 말하는 것은 이해한다. 확실히 그렇게만 들으면 '지탄다는 이바라를 걱정해 이바라의 행동에 찬성했다'라는 이야기다. 이상한 이야기이기 이전에 애초에 오히나타와 관계없는 문제다.

그러나 나는 이외에도 몇 가지 이야기를 더 들었다. 오히나타에게 어떤 버릇이 있었는지도 뒤늦게나마 깨달았다. 그런 점들을 염두에 두고 지탄다의 이야기를 들으면, 어제 방과후 오히나타의 마음속에서 무슨 일이 있었던 건지 알 듯했다.

지탄다를 무서운 선배라고 생각한 오히나타. 오히나타를 탈퇴하게 했다는 사실에 직면한 지탄다. 호시가야 배가 시작되기 전에 이미 나는 뭔가 어긋났다는 것을 알아차리고 있었다.

처음에 사토시가 말했다. 내가 신입 부원을 붙들려 하다니 의외라고. 사실 그 부분은 아무래도 상관없다고 생각한다. 어차피 아무것도 하지 않는 동아리다. 오히나타가 들어오건 나가건 마음대로 하라고 해라.

그렇지만 엉뚱한 오해가 남는 것은 바라지 않는다. 오해를 산 게 나였다면 상관없었을 것이다. 하지만 그렇지 않다.

"제가 할 수 있는 일이 또 있을까요?"

가장 중요한 질문은 이미 했다. 다만 그것은 호시가야 배 시작 전부터 물으려고 작정했던 것이다.

여기 미즈나시 신사에서 기억을 되살리는 중에 지탄다에게 물을 수밖에 없는 게 하나 있다는 것을 깨달았다. 그 이야기가 나온 당시에는 별 이상한 것을 묻는다고 생각하고 넘어갔는데, 지금은 그 의미를 알겠다.

"있어. 하나만 물어보자."

"네."

"그때 오히나타 친척이 하는 찻집에 갔을 때 일이다만. 거기서 나오기 전에 오히나타가 물었지? 뭐라는 이름의 1학년을 모르냐고."

지탄다는 역시 바로 생각해 냈다.

"네. 아가와 사치 씨 말씀이죠."

"어떤 애냐?"

그날 오히나타의 물음에 지탄다는 즉각 안다고 대답했다. 당연히 관계있는 인물일 것이라고 생각하고 있었다.

그런데 뜻밖에도 지탄다는 고개를 갸웃하며 불안스레 대답했다.

"저…… 잘 몰라요."

"그래?"

"1학년 A반이라는 건 아는데요."

"모르는 녀석 학급을 안다고?"

"오레키 씨도 아실 텐데요."

내가?

얼굴과 이름을 기억하는 지탄다의 능력은 엄청나다. 작년에는 음악 수업으로 딱 한 번 같은 교실에 있었을 뿐인데도 내 이름을 기억하고 있었다. 그러니 지탄다가 아가와 사치의 이름을 어디서 들어 알고 있었다 해도 이상할 것 없다. 하지만 나는 아니다.

하급생의 이름을 알 기회는 거의 없었을 텐데. 밑을 내려다보며 생각했다.

1학년. A반. 아가와 사치.

"내가 안다. 아가와. 아가와."

"왜, 그……"

괜히 애태울 생각은 없는지 지탄다가 뭐라 말하려 했다. 동시에 나도 깨달았다.

A반 아가와.

학급과 이름순으로 따질 때, 여학생 중 출석 번호가 맨 앞일 가능성이 높다. 성적 차가 명확하지 않은 입학 당시에는 뚜렷한 특징이다.

"입학식에서 신입생 대표였냐?"

"네."

지탄다는 고개를 끄덕였다.

"A반 남학생 1번 아이쿠라 나오야 씨와 A반 여학생 1번 아가와 사치 씨가 신입생 선서를 했어요. 오히나타 씨 질문은 확실히 갑작스럽고 기묘했지만, 전 그저 제 기억력을 시험하는 줄 알았어요."

그렇지 않다. 그건 단순한 테스트가 아니었다.

"그 밖에 더 아는 건?"

"머리가 긴 학생이었어요. 뒷모습밖에 못 봤으니까 제가 아는 건 그 정도예요."

오히나타는 그렇게 생각하지 않았다.

이로써 물어봐야 할 것은 전부 물었다. 이제 오히나타와 이야기하는 것만 남았다.

불안감이 없다고는 않겠다. 어제의 오히나타를 본받아 철봉에라도 매달려 각오를 다지고 싶다.

"알았다. 이제 충분해. 어떻게든 할 테니까 넌 먼저 코스로 돌아가라."

얼굴을 들었다.

지탄다의 큰 눈이 눈앞에 있었다.

움찔해서 몸을 뒤로 빼는 내게 지탄다는 말했다.

"죄송해요, 오레키 씨. 뒷일은 오레키 씨께 맡길게요. 오히나타 씨는 이제 제 말을 들어주지 않을 거예요. 그렇지만…….

오히나타 씨에게 만약 무슨 고민이 있다면 도와주시겠어요? 불행한 오해가 있었다면 풀어주시겠어요? 오히나타 씨가 이제 고전부에 와주지 않는다 해도 최소한 그것만은……."

나도 같은 생각이다. 처음부터 그랬다. "알았다" 하며 고개를 끄덕이자 지탄다는 머리를 살짝 숙이고 몸을 돌려 달려갔다.

5
두 사람의 거리 어림

1. 현재 : 17.0km 지점 : 남은 거리 3.0km

그 뒤 얼마 동안 아무 생각도 하지 않고 뛰었다.

지탄다보다 몇 분 뒤처져 출발했으니 쉽사리 따라잡는 일은 없을 것이다. 남은 것은 오히나타가 오기를 기다리는 것뿐이다. 멈춰 서서 기다렸어도 상관없었지만 달렸다. 다리 접합 부분에 여전히 무딘 통증이 남아 있었지만, 오월의 바람이 부는 개울가를, 습한 공기가 몸을 식혀주는 삼나무 숲 옆 고갯길을, 배기가스가 불어닥치는 우회 도로의 인도를 달렸다.

눈앞에 나타난 신호등의 보행자 신호가 깜박이기 시작했다. 신호등 앞에 서 있는 총무 위원이 1학년다운 표정으로 마라톤 행렬의 흐름을 끊어야 할지 망설이고 있다. 그 곁을 슬쩍 지나쳐 단숨에 횡단보도를 건넜다. 그제야 비로소 시가지로 돌아와 있다는 것을 깨달았다. 우회 도로를 자가용이며 트럭이 오가고, 얼굴을 들자 밋밋한 연립주택이 여러 동 보인다.

달린다는 것은 무서운 일이다. 머릿속이 텅 빈다. 지금까지 기억해낸 사실도, 구축한 생각도 모조리 뇌 속에서 빠져나가는 것 같다. 무념 상태가 즐겁다는 경지는 알겠으나, 지금은 하나도 빠짐없이 전부 기억해두어야 한다. 그렇건만 뛰고 말았다. 컵에서 물이 흘러넘치듯 뭔가 잊어버리지는 않았을까. 진정해야 한다는 것은 알겠는데도 달리는 발이 멈추지 않았다. 장거리 달리기답게 숨을 밭게 뱉으며 팔을 가볍게 흔든다.

이상한 일이다. 작년에도 일대일로 대치하는 장면을 몇 번 경험했다. 여름방학에 상급생의 비디오 영화 제작을 도왔을 때는 이리스 선배와. 학교 축제 때는 자전거 보관소에서. 그 밖에도 몇 번 있었을 텐데 숨이 차서 생각나지 않는다.

그렇지만 이 생각은 든다. 그중 어떤 것에 임했을 때도 지금만큼 마음이 무겁지 않았다.

교외의 우회 도로를 따라 곧장 뻗어 있던 코스는 큰 교차로를 피하기 위해서인지 길이 좁은 주택가로 들어섰다. 가미야마 시에서도 특히 오래된 지역으로, 길거리에 황갈색 전봇대며 붉은 녹이 슨 함석이 눈에 띈다. 칠이 벗어진 주홍색 우편함, 반사재의 노란색이 바랜 전봇대 곁을 지나 좁은 수로를 건너는 몇 미터 길이 다리에 접어들었다.

여기쯤이 괜찮을 것 같다. 물이 가까이 있으니 시원하고, 다리 입구에 좁은 빈터가 있어 서 있어도 방해되지 않는다. 결심하고 멈춰 섰다. '어이쿠, 끈이 풀렸군' 하듯 쭈그리고 앉아 진창이 묻은 스니커의 끈을 고쳐 매는 척 연기하는 게 스스로도 간사하게 느껴졌다.

수로에서 물 흐르는 소리가 들려온다. 흰색과 적자색 차림의 학생들이 옆을 지나 달려간다. 십 수 킬로미터를 달려왔는데 아직까지 웃고 있기는 힘들다.

지칠 대로 지쳐 보통 걷는 것보다도 더 느린 속도로, 그러면서도 팔을 들고 달리는 자세만은 유지하는 남학생. 같이 뛰자고 약속이라도 했는지, 이제 둘 다 얼굴도 들지 않지만 여전히 나란히 가는 여학생들. 터벅터벅 걷는 녀석이 있는가 하면 어디가 아픈지 고통에 얼굴이 일그러진 녀석도 있다. 웃는 얼굴은 어디에도 보이지 않았다.

2학년은 거의 다 지나갔다. 지금 보이는 것은 하나같이 1

학년들이다. 앞으로 얼마나 더 뛰어야 하는지도 모르는 가엾은 녀석들. 적당히 힘내라, 여기까지 오면 이제 얼마 안 남았다고 가르쳐주고 싶어진다. ……나도 바라건 바라지 않건 '선배'가 된 모양이다.

오른쪽 신발 끈을 매고 나면 왼쪽 신발 끈을 맨다. 왼쪽 신발 끈을 매고 나면 오른쪽 신발 끈을 맨다. 그렇게 해서 시간을 번다.

지친 수십 명의 얼굴들을 배웅하며 몇 분쯤 그러고 있었을까.

오히나타가 나타났다.

십중팔구 그럴 것이라 예상했던 대로 누구와 같이 있지는 않았다. 혼자서, 두 팔을 옆구리에 붙이고 입을 약간 벌리고, 경쾌하다고는 할 수 없는 발걸음으로 달려왔다.

천천히 일어나 가볍게 손을 들어 신호했다. 오히나타는 금세 나를 알아차렸다.

어쩌면 무시할 수도 있다고 생각했다. 그렇게 되면 어쩔 수 없다, 가망 없다고 포기할 생각이었다.

그러나 오히나타는 눈을 동그랗게 뜨더니 팔을 내려 조금씩 속도를 떨어뜨리고 내 앞에 멈춰 섰다. 가볍게 몰아쉬던 숨을 가다듬고 얼굴을 쳐들더니 말했다.

"이상한 데 계시네요, 선배."

십 수 킬로미터를 달려왔는데 아직까지 웃고 있기는 힘들다.

그러나 오히나타는 신입생 가입 권유 때 그랬던 것처럼 씩 웃어 보였다.

"도모코, 그거 누구야!"

멈춰 선 오히나타에게 누가 지나가며 놀리듯 말한다. 옆얼굴을 향해 오히나타가 대꾸했다.

"동아리 선배!"

상대방은 아, 그러셔, 하고 가버렸다. 같은 반 학생인가 보다.

"하여간 꼭 쓸데없는 데는 눈이 밝다니까."

그렇게 투덜거리더니 오히나타는 가볍게 눈살을 찌푸렸다.

"그렇지만 선배, 정말 이런 데서 뭐하시는 거예요? 훨씬 먼저 출발하신 거 아니에요?"

"그……."

"잠깐만요!"

오히나타는 날카로운 목소리로 가로막더니 턱에 손을 갖다 댔다.

"제가 맞혀볼래요. 저기 어디 서 있는 건 총무 위원. 그렇지만 오레키 선배는 총무 위원이 아니다. 하지만 후쿠베 선배는 총무 위원이고 두 사람은 친하다. 알았어요."

얼굴을 들고 말한다.

"뭘 알았을 것 같으세요?"

생각을 소리 내어 말했다는 자각이 없나.

"내가 사토시한테 부탁받고 총무 위원 대역을 하고 있다고 생각해."

"정답!"

표정이 확 밝아진다. 어제 방과후와는 전혀 딴판인 자연스러운 웃음이다. 과격한 운동을 해서 흥분 상태인가……. 아니면 탈퇴를 결심하고 어깨의 짐을 덜었기 때문인가.

"맞아요?"

나는 내 신발을 가리켰다.

"신발에 흙이 묻었지. 총무 위원이라면 시내 여기저기에 배치되니까 이렇게는 안 될 거다. 뛰었기 때문에 지저분해진 거야."

오히나타는 내 스니커를 보더니 불만스레 입술을 삐죽 내밀었다.

"오레키 선배가 신발이 지저분하든 말든 상관없는 사람일 수도 있잖아요."

"본인이 뛰었다는데 뭐가 불만이냐?"

"그럼 여기서 뭘 하시는 건데요?"

"할말이 있어서 기다렸다."

"누굴요?"

그렇게 묻더니 오히나타는 어리둥절한 표정으로 자신을 가리켰다.

"어? 저요? 어우."

자기를 기다렸다는 게 싫은 것은 아닌 모양이다. 오히려 어처구니없다는 말투였다.

"저 때문에 고생하셨네요."

머리를 꾸벅 숙인다. 그러고는 쇼트커트 머리를 만지며 말했다.

"솔직히 누가 와서 뭐라 할 거란 생각은 했지만, 오레키 선배가 마라톤 대회중에 올 줄은 몰랐는데요."

그러고는 나를 똑바로 바라보며 웃음을 띤 채 말했다.

"그렇지만 죄송해요, 이미 결정했거든요. 재미있는 동아리니까 누구 딴사람이 들어올 거예요."

그럴 리 없다.

그리고 나는 이제 오히나타를 붙들겠다는 생각이 없었다.

"할말이란 건 그게 아니야."

가볍게 숨을 들이쉬었다.

"너한테 이 말만은 해두고 싶다."

"저, 이런 데선 곤란한데요."

농담으로 얼버무리려 하는 것을 개의치 않고 생각해둔 말을 꺼냈다.

"지탄다는 네 친구에 관해 아무것도 모른다."

"네?"

"그 녀석은 아무것도 몰라."

까무잡잡하게 탄 오히나타의 얼굴에서 표정이 슥 사라졌다.

지탄다는 아무것도 모른다. 그 말은, 나는 안다는 뜻이나 다름없다. 오히나타는 그것을 즉각 알아차린 것이다.

얼마 동안 침묵이 흘렀을까. 스태미나가 남은 학생이 바람을 일으키며 바로 곁을 달려 지나가자, 오히나타는 그제야 정신이 든 것처럼 말했다.

"지탄다 선배가 모른다면 누구한테 들으신 거죠?"

"들은 게 아니야."

"여기서 길게 이야기하긴 싫은데요."

그에 관해서는 내 의견도 같다. 코스 옆에 계속 서 있으면 너무 눈에 띈다. 나름대로 방법은 생각해두었다. 나는 오래

된 집과 집 사이, 널담이 양옆으로 이어지는 골목을 눈짓으로 가리켰다.

"다른 길로 가면 돼."

"네?"

말문이 막힌 듯했다.

"그래도 괜찮은 거예요? 이거 마라톤 대회 아닌가요?"

"호시가야 배다. 정식으로 기록을 남기고 싶다면 강요는 안 하겠다만."

오히나타는 내가 가리킨 골목과 다리를 건너가는 코스, 달려가는 학생들을 번갈아 보며 잠시 생각하는 듯했다. 결론이 나기까지 그리 오래 걸리지 않았다.

"알았어요, 가요. ……좀 두근거리지만요."

코스를 이탈하는 모습을 들키면 곤란하다. 나와 오히나타는 달려가는 가미야마 고등학교 학생들이 뜸해진 순간을 노려 슬그머니 골목으로 들어섰다.

2. 현재 : 18.6km 지점 : 남은 거리 1.4km

"이 길, 학교로 돌아가는 거 맞아요?"

모르는 길로 데리고 들어왔으니 당연히 불안할 것이다.

"아레쿠스 신사 앞에서 합류할 수 있어. 꽤 가까운 지름길이다."

"지름길……."

코스 이탈이 아무래도 마음에 걸리는지 투덜거린다.

"오레키 선배, 꽤 자유분방하시네요."

그렇지도 않다. 필요가 없었으면 나도 정상적으로 코스를 따라 달렸을 것이다. 다른 방법이 생각나지 않았으니 어쩔 수 없다.

우리는 걷고 있었다. 이제 뛰지 않아도 된다.

둘이 나란히 서면 꽉 차는 이런 골목에도 아스팔트 포장을 했다. 볕은 들지 않는다. 길도랑으로 물이 흘러간다.

"아, 고양이."

오히나타가 중얼거렸다. 정말 담장 위에 고양이가 있었다. 날씬한 누렁 줄무늬다. 고양이로군, 하고 생각하는 사이에 몸을 돌려 담장 너머로 사라졌다.

"선배, 동물 싫어하시죠?"

"생각도 해본 적 없다만. 왜 그렇게 생각한 거냐?"

"동물은 귀찮으니까요. 선배 귀찮은 거 싫어하시잖아요."

그건 맞는다. 하지만 동물이 싫다는 생각은 해본 적이 없다. 좋아한다고 의식한 적도 없지만.

"왜 네 맘대로 단정하냐?"

"……그러네요."

목소리가 조금 어두워졌다.

"제가 원래 좀 그래요. 그거 말고도 단정하는 거 많아요."

"예를 들면?"

"지탄다 선배가 아무것도 모른다는 건 선배를 두둔하기 위한 거짓말이라고 생각해요. 아무도 모른다면 오레키 선배가 알 리 없잖아요."

오늘 호시가야 배가 계속되는 동안, 오히나타 생각을 많이 했다. 오히나타에 관해 어디까지 알 수 있었는지, 그것은 알 수 없다. 하지만 이 말만은 할 수 있을 것 같다. 본인도 방금 말했다시피 이 하급생은 다소 속단하는 버릇이 있다.

"아니, 그렇지 않아. 생각하면 의외로 여러 가지를 알 수 있다."

"진짜요?"

오히나타는 중얼거리듯 말했다.

"게다가 저, 지탄다 선배 때문에 그만둔다곤 말 안 했는데요."

"직접적으로 말하진 않았다만 이바라한테 '보살 같다'고

했잖냐."

"칭찬이잖아요."

그게 사실이라면 고개를 들고 당당히 말해도 되지 않나.

"외면이 보살이면 내면은 야차 아니냐."

오히나타는 힘없이 얼굴을 들고 쓴웃음을 지었다.

"못 알아듣게 말했는데 못 알아들은 척해주셔야죠."

"2학년은 원래 이것저것 많이 아는 법이다. 알아듣는 게 싫으면 더 못 알아듣게 말해야 하지 않겠냐?"

"러시아어라든지?"

"러시아어라든지."

발치에 돌멩이가 뒹굴고 있었다. 오히나타는 돌멩이를 걷어차고 가볍게 한숨을 쉬었다.

"그렇게 뻔했나요. 만약 진짜로 지탄다 선배가 말한 게 아니라면 선배, 가르쳐주세요. 제가 뭘 잘못했을까요?"

"잘못이고 뭐고 할 문제냐?"

"그냥 말이 그렇다는 거예요."

지탄다에게 들은 게 아니라 오히나타의 언동을 떠올려 답에 도달했다. 그 과정을 설명하지 않는 한, 오히나타는 내 이야기를 들으려 하지 않을 것이다. 그럴 것이라고 예상은 했다. 다만 순서를 잡기가 쉽지 않았다.

"어디서부터 이야기해야 할지."

"처음 만났을 때부터가 좋지 않을까요?"

아닌 게 아니라 그게 이야기하기는 제일 쉽지만.

"그럼 너무 길어지고. 좀더 짧게 이야기할 수 있을 것 같다만."

"길면 어때요? 어차피 우리……."

잠시 말을 고르는 듯하더니 자조 어린 복잡한 웃음을 지었다.

"바른 길에서 벗어났는데요."

남들이 들으면 오해할 말을. 나중에 합류할 것이라고 말했건만.

뭐, 학교 행사에서 이탈한 것은 사실이다. 정오가 가까운 뒷골목에는 인기척이 없다. 근처에 아까 본 고양이가 있을 텐데 소리도 들리지 않는다. 우리 둘의 발소리와 말소리만 널담에 울린다.

"그래, 그럼 처음부터. 신칸제 날이지."

오히나타는 내 옆얼굴을 빤히 응시했다. 뭐지?

"신칸제 날…… 넌 나하고 지탄다가 아무래도 상관없는 이야기를 하는 걸 듣고 있었어. 지금 생각해도 용케 그렇게 눈에 안 띄는 곳 앞에서 멈춰 섰다 싶다."

"아무래도 상관없지 않아요. 어쩌면 목숨을 구한 걸 수도 있잖아요?"

그러고 보면 식중독이 그런대로 심했던 모양이다. 그런 말을 듣고 보니 앞마당에서 주고받았던 게 전에 없이 의의가 있는 대화였다는 생각이 안 드는 것도 아니다. 그렇지만 역시 지금은 아무래도 상관없다.

"그 이야기에서 가장 큰 힌트가 됐던 건 네가 한 말이었어."

"어? 저요?"

자기를 가리킨다.

"제가 무슨 말을 했던가요?"

"정확한 표현은 잊어버렸지만 분명 '뒤가 구린 녀석은 이름을 안 밝힌다'라나 뭐라나 그랬지. 그 말을 듣고 제과연에 간판이 없다는 걸 깨달았어."

오히나타는 기쁜 눈빛으로 말했다.

"그러고 보니 그런 일도 있었네요."

벌써 오래전 일처럼 느껴진다. 아직 두 달도 안 됐는데. 그때는 지탄다도 오히나타도 편하게 웃고 있었다고, 사고가 기억에 사로잡히려는 것을 이럭저럭 되돌렸다.

"하지만 그것보다 마음에 걸린 건 그 말에 앞머리가 붙어 있었다는 거다. 이런 말이었지."

한 박자 쉬고.

"'친구가 그러는데'."

"……용케 기억하시네요."

"들은 순간, 자기 의견이군 싶었으니까."

오늘 호시가야 배 도중, 사토시에게 물어보았다. '친구가 그러던데, 호시가야 배에서 총무 위원이 안 뛰는 건 아무리 생각해도 불공평하다'라고 내가 말하면 뭐라고 생각하겠느냐고. 사토시는 '호타로는 그런 생각을 하고 있었나, 뜻밖인걸, 하고 생각하겠지'라고 대답했다. 지당한 대답이다.

"말하기 거북한 게 있을 때 '다른 사람한테 들었다', '소문을 들었다', '우연히 들었다', 그렇게 가공의 제삼자를 완충재로 삼아서 이야기하는 건 흔히 있는 일이야. 이런 말을 하는 건 내가 아니다, 내 생각은 다르지만 이런 생각도 존재하는 것 같더라……. 뭐랄까, 측면 공격 같은 이야기 방식이지."

"측면 공격이라니, 뭘 그렇게 에둘러 말씀하세요. 그냥 까놓고 비겁하다고 하시면 되는데."

오히나타는 쓴웃음을 지었다.

"타인을 지탄할 수 있을 만큼 당당한 사람이 못 되거든."

골목은 아직 이어지고 있다. 시야 끄트머리에서 뭐가 어른거리기에 보니, 목조 주택 베란다에서 빨래가 바람에 펄럭이고 있었다.

오히나타는 측면 공격 같은 화법을 구사했나? 그런 줄 알았다. 그러나…….

"그런데 네 경우는 달랐어."

대답이 없다.

"'친구가 그러는데'. 여기서 '친구'는 가공의 제삼자가 아니야. 실제로 존재한다. 네가 친구를 근거로 댄 발언 전부가 그렇다는 보장은 없지만, 적어도 몇 개는 실제 '친구'가 한 말이었어."

오히나타는 그렇다고도, 아니라고도 하지 않고 몹시 냉정한 눈빛으로 물었다.

"어째서요?"

"네 행동하고 '친구'의 언동은 모순되니까. 네가 '친구'를 빗대서 자기 의견을 말한 거였다면 생기지 않을 일이지."

"그런 일이…… 있었나요?"

고개를 떨어뜨리고 중얼거린다.

"사월 마지막 주 토요일에. 오후 2시 이후."

"기억은 안 나지만, 그렇게 확실하게 말씀하시는 걸 보니 선배 생일이죠?"

"그래. 다시 한번, 그때 축하해줘서 고맙다."

"마음이 하나도 안 담겨 있네요."

익살을 주고받으면서도 어딘지 모르게 서로를 탐색하는 듯한 긴장감은 누그러질 기미가 없다. 냉랭한 분위기는 아니지만 다음 할말에 저절로 신중해졌다.

"그날, 아마 내가 한 말 같다만, 피자라도 시킬걸 그랬다는 말이 나왔지. 다섯 명이 나눠 먹기에 딱 좋으니까. 그렇지만 실제로는 주문하지 않았어. 왜 그랬는지 기억나냐?"

오히나타는 얼굴을 들고 바로 대답했다.

"네, 그건 기억나요. 이바라 선배가 치즈를 싫어해서였죠."

나는 고개를 끄덕였다.

"그래. 그러고 보니 그 녀석, 치즈는 아예 못 먹는다는 식으로 말했다만, 치즈 케이크는 괜찮은 것 같더라."

오히나타가 씩 웃었다.

"오오, 같이 드신 적이 있구나."

시시한 호기심에는 대답하지 않는다. 친하고 뭐고 없지만 십 년 이상 알고 지낸 사이다. 이런저런 장면이 있었다. 급식으로 치즈 케이크가 나온 적도 있었을 것이다.

"그때 네가 한 말은 기억나냐?"

내 질문에 오히나타는 조그맣게 고개를 끄덕였다.

"이바라 선배도 그렇구나 싶어서 이렇게 말했죠. '상한 귤이랑 우유는 버려야 한다'고."

사람마다 기호는 다르겠지만 정상적인 음식물인데 꽤나 과격한 표현을 쓴다 싶어 기억하고 있었다. 그러나 오히나타의 발언은 그게 다가 아니었다.

"그 앞에 '친구가 그러는데'라고 붙였을 텐데."

"그랬나요?"

기억하고 있을 텐데도 오히나타는 시치미를 뗐다.

"별걸 다 기억하시네요. 의외로 깐깐한데요, 선배."

"너도 이바라가 치즈를 싫어한다는 걸 기억하고 있었잖냐. 나도 남이 뭘 못 먹는다는 것 정도는 기억해둔다. 말을 들어놓고도 권하면 미안하니까."

"……하긴 그러네요."

오히나타는 뺨을 긁적이며 겸연쩍게 웃었다.

골목은 일단 막다른 곳에 다다랐다가 함석 벽 집을 빙 돌아 이어졌다. 길도랑으로 물이 꽤 세차게 흘러간다. 졸졸 소리가 시원하게 느껴진다.

"그래서 난 네가 치즈를 못 먹는다고 생각했다. 네가 말하는 '친구가 그러는데'는 네 자신의 말이라고 생각했으니까. 그랬으니 그때 개업을 앞둔 찻집에서 이상하다 싶었던 거야."

여기까지 이야기하면 오히나타도 짐작이 갈 것이다.

"그렇구나. 그런 걸로. 나도 진짜 바보라니까."

"난 당연히 네가 플레인 생크림을 시킬 줄 알았는데 말이다. 예상이 어긋나서 좀 놀랐어."

오히나타의 사촌 오빠가 차리려는 찻집에서 먹을 것 중 재료가 준비되어 있던 것은 스콘뿐이었다. 스콘에 발라 먹는 것은 잼과 크림. 잼이 두 종류, 크림은 플레인과 마스카포네, 이렇게 있었다.

구체적으로 어떤 조합이었는지는 잊어버렸다. 그렇지만 기억나는 것도 있다. 전원이 다 다른 조합이라 주인에게 폐가 되겠다고 생각했던 것, '상한 우유는 버려야 한다'고 했던 오히나타가 치즈 크림을 고른 것.

"그때 알아차렸다. 아니, 남의 이야기를 순수하게 받아들이기만 했으면 굳이 알아차릴 것도 없었는데 말이지."

오히나타는 처음부터 '친구가 그러는데'라고 했다. 그럼 친구가 한 말이라고 받아들이면 되는 것을, 쓸데없는 지혜가 생기는 바람에 괜히 꼬아서 생각했다.

"너한테 '친구'가 있는 거지. 너와는 달리 치즈를 싫어하는 녀석이."

오히나타는 입술을 깨물고 아무 말도 하지 않았다.

이 상황에 당연히 해야 할 말, '그야 저도 친구쯤은 있다고요. 그게 왜요?'라는 말도 하지 않았다.

침묵이 가장 생생하게 말하고 있었다. 오히나타는 그 친구의 존재가 다른 사람에게 알려지기를 바라지 않는다.

뒷골목은 구불구불 복잡한데다 한 명이 지나는 게 고작인 좁은 틈새도 지나야 했다. 뜻밖에도 벽에 통 반을 적은 이름패가 붙어 있다. 이런 좁은 길도 시도市道였나. 감탄하는 내게 뒤에서 오히나타가 말했다.

"제대로 된 길 나오는 거 진짜 맞아요? 어째 수상한데요."

농담하는 목소리에도 여느 때 같은 생기와 명랑함이 없다.

"거짓말해서 뭐하게?"

"뭘 하시려고요?"

"거짓말은 안 했으니 나도 모른다."

어쨌거나 이렇게 좁으면 이야기도 할 수 없다. 뒷골목을 빠져나와 길에 놓인 화분을 타넘어 넓은 길로 나오고서야 비로소 한숨 돌렸다.

완만한 비탈 중간이다. 오히나타가 좌우를 보며 중얼거렸다.

"여기가 어디예요?"

지도상의 위치 관계를 어떻게 설명해야 될지 알 수 없었으므로 적당히 얼버무렸다.

"금방 알 거다."

비탈을 내려가자 오히나타가 옆에 서서 따라왔다.

조금 전 이야기는 오히나타에게 친구가 있다는 것과 오히나타가 그 친구의 말을 따라 할 때가 있다는 것을 보여주었을 뿐이다. 하지만 친구에 관해 알 수 있는 게 또 있다.

"그 '친구'는 중학교 때 친구지. 그것도 상당히 특별한 관계에 있는. 학원인지 어디서 만났는지, 아니면 3학년 올라와서 가부라야 중학교로 전학 온 녀석이야. 그리고 가미야마 고등학교엔 안 들어왔고."

대뜸 들이대자 오히나타의 미간에 주름이 뚜렷하게 잡혔다. 명백히 의심하는 눈빛이다. 같은 말을 다시 한번 할 수밖에.

"지탄다한테 들은 게 아니야."

"그렇지만 안 그러면 어떻게 거기까지……."

"고등학교에 아직 친구가 없다는 건 네가 말했잖냐. 사토시하고 셋이 집에 간 날, 분명히 그렇게 들었다. 고등학교에 없다면 중학교 시절부터 사귄 친구라고 보는 게 타당하지 않겠냐."

비 오는 어느 날, 사토시와 집에 가려고 교문을 나서다가 오히나타와 눈이 마주쳤다. 오히나타가 "아직 친구도 없어서요" 하기에 같이 걷게 되었다. 내심 '그런가. 사교적일 것 같은데'라고 생각했던 게 똑똑히 기억에 남아 있다.

"그건……."

오히나타의 말을 내 말로 가로막았다.

"그렇지만 그건 친근하게 이야기할 상대도 없다는 의미가 아니지. 같은 반에 꽤 친한 녀석도 있어. 그저 상대방을 친구라고 부르지 않는 것뿐."

잠시 반응을 기다렸다. 오히나타는 입을 열지 않았다.

나까지 휘말려 덩달아 침묵했다가는 다시 이야기를 시작하는 데 상당한 기력이 필요할 것이다. 실제로 지금 이렇게 이야기하는 것만으로도 우울하다.

어제까지 동아리 후배였고 그런대로 평화롭게 이야기하던 상대방의 사고방식이며 정서를 분석하는 것이다. '너는 이런 녀석이다' 하는 이야기를 계속하는 셈이다. 냉정하게 생각하면 그러는 나는 그렇게 잘났나 하는 의문이 치밀어 멈칫하게 된다. 지금은 어쨌거나 이야기를 중단하지 말아야 한다.

"이건 어제 있었던 일이니까 너나 나나 분명하게 기억하겠다만, 복도에서 만났을 때 동아리실로 가기 전에 잠깐 이야기했지. 이야기 내용도 뭔가 의미심장했다만, 사토시 동생이 너하고 같은 반이라는 게 마음에 걸리더라."

오히나타는 사토시와 이바라에 관해 알고 있었고, 자세한 사정까지는 몰라도 사토시에게 갚을 빚이 있다는 것도 알고 있었다. 사토시의 동생에게 들었다고 했다.

"난 사토시 동생이 상당한 별종이라고 생각한다만, 넌 그렇지도 않다고 생각하는 것 같더군. 그런데 친하지도 않은 상대방한테 자기 형제의 연애 문제를 이야기하는 녀석은 아무리 봐도 특이한 인간이지.

네가 그 애한테 사토시의 연애에 관해 들었다면 너희는 그런 사적인 이야기가 가능한 관계란 뜻이야. 게다가 도시락까지 같이 먹는다고 했지. 그런데 넌 그런 사토시 동생조차 친구라고 부르지 않았어. 시종 '아는 애'라고 하더란 건 어쨌거나 바로 알아차렸다."

경트럭이 비탈을 올라온다. 길 폭은 넓었지만 혹시 몰라 오히나타 앞으로 나서 한 줄로 가며 트럭을 보냈다. 태양이 바로 정면에 와 있다. 이 지름길은 종종 사용하는데, 남쪽을

면하는 줄 몰랐다.

배기가스 냄새를 느끼며 다시 나란히 섰다. 담담히 이야기를 계속한다.

"어쩌다 보니 난 작년부터 몇몇 성가신 일에 말려들었어. 그때마다 이것저것 생각해서 알아차린 것도 있었어. 그래서 상황을 무난히 수습하는 역할을 맡기도 했고. 사토시가 날 가리켜 '탐정'이라고 한 적도 있었다만 그 말이 참 싫단 말이지. 어째 멋쩍어서 도저히 그런 말은 못 쓰겠더라.

개인적인 기준으로 어떤 말을 못 쓴다는 점에선 너도 마찬가지였던 게 아니냐? '친구'란 말을 아무렇게나 쓰고 싶지 않아. 입학하고 아직 두 달도 안 된 지금, 설령 상당히 사적인 이야기를 하는 사이라도, 점심을 같이 먹어도, 사토시 동생한테 그 말을 쓰는 건 네 생각엔 너무 일러. 그런 거 아니었냐?"

오히나타에게 그게 특별한 말이라는 것을 좀더 일찍 깨달았을 만도 했다. 그때 비 오는 날, 오히나타는 그게 자신에게 소중한 것이라고 분명히 말했건만. 이 역시 말을 순수하게 받아들이지 않은 탓에 겪어야 했던 우회다.

오히나타가 입을 열었다. "전……" 하는 말이 흘러나왔다.

그러나 결국, 다음 말은 이어지지 않았다.

한숨이 나려는 것을 가까스로 참았다. 문제는 이다음부터다.

"그럼 그런 네가 '친구'라고 부르는 상대방은 어떤 인간인가? 이미 알고 있는 사실은 그 녀석이 가미야마 고등학교에 없다는 거지.

뭐, 어쩔 수 없는 일이야. 나도 중학교에서 고등학교 올라올 때 친했던 녀석 몇 명이랑 멀어졌다. 지금도 관계가 이어지는 건 사토시 정도야."

말은 그렇게 했지만, 그럼 사토시 외에 누가 있었나 생각하니 순간적으로 이름이 떠오르지 않았다. 무정한 인간이다.

떠난 자는 날이 갈수록 멀어진다는 뜻일까. 아니면 나는 역시 조금 쌀쌀맞은 인간일지도 모르겠다.

어디서 된장국 냄새가 풍긴다. 아스팔트에 남아 있는 물자국은 근처 어느 집에서 물을 뿌린 것이리라. 초여름 햇살에 벌써 거의 다 말랐다. 오전 중에는 이 정도로 왕래가 뜸한 줄 몰랐다. 동네 주민들에게 들킬 것을 각오하고 변명거리도 생각해두었건만 한 명도 만나지 않았다. 생활 흔적만 보이고 사람은 없으니 느낌이 어째 기묘하다. 이런 일이라도 없으면 수업이 있는 평일에 시내를 걸을 기회가 있을 리 없다.

"지탄다한테 들은 건 어제 동아리실에서 너희가 무슨 이야기를 했느냐 하는 것뿐이야."

혼잣말처럼 이야기를 시작했다.

"이바라에 관해서도 그렇지. 만연을 그만둔 이야기를 했다지? 지탄다는 이바라가 탈퇴하는 데 찬성했어. 아마 등도 떠밀어줬겠지. 난 전후 사정을 잘 모르니까 찬성이란 말도, 반대란 말도 할 수 없다. 그렇지만 이바라가 편해졌다는 것만은 알아. 그것만 해도 잘된 일인지 모르지.

그런데 어제 방과후, 넌 명백히 뭔가 결론을 내리고 동아리실로 갔어. 각오를 다지고, 공중에 떠 있는 어중간한 상태를 해소하려고, 지탄다에게 뭔가를 확인하려고 했어. 그게 이바라에 관한 일이었냐? 이바라가 만연에 남으면 좋겠다고 생각해서, 탈퇴에 찬성한 지탄다하고 결별한 거냐?"

물론 반어법이다. 오히나타 자신도 바로 대답했다.

"그건 아니에요."

"그 정도로 각오를 다져야 할 수 있는 이야기라면, 어제 방과후 단판 승부로 물었다고 보긴 어렵지. 슬쩍 떠봤다고 할지, 전초전 같은 게 있지 않았을까 싶었다.

그래서 기억을 되살려봤다만, 너 전에 지탄다한테 갑자기 뜬금없는 질문을 한 적이 있었지. 네 사촌 오빠가 연 찻집에서. 그때 넌 분명 이렇게 물었어. 지탄다는 발이 넓다고 들었는데, 아가와란 애를 아느냐고. 지탄다는 그 애가 가미야마 고등학교 1학년이라고 대답했고."

"아가와예요. 아가와 사치. 1학년 A반."

"난 그게 누군지 몰라. 어쨌든 지탄다의 교우 관계가 얼마나 넓은지 확인하려는 거 아니었냐?"

오히나타는 슬픈 표정으로 잠시 나를 보았다.

"오레키 선배는 아가와를 아실 텐데요."

"지탄다도 같은 말을 하더라. 올해 입학식에서 여학생 대표로 신입생 선서를 했다지? 그것만으로 안다곤 할 수 없지."

"그것만이 아닌걸요."

멈춰 서서 오히나타를 보았다.

"내가 알 거라고 말하는 걸 보면, 혹시 가부라야 중학교 출신이냐?"

"네, 그래요."

오히나타가 아는 인물이니 가부라야 중학교 출신인 것은 이상할 것 없다. 하지만 나는 지탄다와 달리 관계도 없는 하급생을 일일이 기억하지 않는다. 그러나 오히나타는 비난조로 말했다.

"보건 위원장이었는데요. 진짜 기억 못 하세요?"

"……그랬냐."

아닌 게 아니라 나는 중학교 3학년 후반, 다수결로 져서 보건 위원이 되었다. 그렇지만 입시를 앞둔 3학년은 실질적인 업무를 맡지 않았고, 위원장은 2학년이 맡았다. 그런 이름이었던가.

어쨌든 이로써 또 하나 알았다.

"그러냐. 그럼 보다 정확하게 말하자면 이런 거로군. 넌 이걸 확인하고 싶었던 거지. 인지 중학교 출신인 지탄다가 가부라야 중학교 출신 학생까지 파악할 만큼 교우 관계가 넓은가. 지탄다한테 안다는 대답을 듣고 네가 충격받았던 게 기억난다."

그때 오히나타는 아마 모른다고 대답할 줄 알았을 것이다. 그런데 예상이 어긋나는 바람에 할말을 잃었다. 아니, 예상이 아니었는지도 모른다. 십중팔구 희망이었던 것이다. 아무리 지탄다라도 누구나 다 알고 있지는 않을 것이라는 희망.

"사토시의 말투가 문제였군. 지탄다는 이곳 주민 중에 모르는 사람이 없다는 식으로 말했으니."

나는 녀석의 과장된 말투에 익숙하기 때문에 적당히 할애해서 듣는다. 하지만 올해 처음 후쿠베 사토시의 화법을 접한 오히나타가 그것을 진짜로 받아들인 것도 무리는 아니다.

그러나 오히나타는 조그맣게 고개를 내저었다.

"후쿠베 선배는 상관없어요. 지탄다 선배는 실제로 오레키 선배 친구를 알고 계셨잖아요. 가부라야 중학교 졸업 문집을 빌려 봤다고 하셨죠. 게다가 후쿠베 선배가 중학교 때 방송실에서 노래했다는 것도 알고 있었고요."

"지탄다가 네 '친구'까지 파악하고 있는 게 아닌지, 그게 무서웠던 거로군."

대답은 없었다.

즉, 오히나타는 아직 전부 털어놓을 마음이 없다는 뜻이다.

특별한 존재인 '친구'. 때때로 발언을 인용할 만큼 영향을 받는데도 오히나타는 우리에게 존재를 알리고 싶지 않았다. 그런데 지탄다가 나타났다. 나와 사토시의 과거를 알아맞혔고, 넓은 인맥이 사토시에 의해 과장되게 표현된, 정체를 알 수 없는 상급생이.

"네가 지탄다를 겁내는 걸 그 자리에서 깨달을 만도 했는데 말이지."

"그 자리……?"

"기억 안 나냐?"

말은 그렇게 하지만 나도 그게 언제였는지 잘 생각나지 않는다. 다만 똑똑히 기억하는 게 있다.

"이바라는 말투가 험하지만 지탄다한테는 독설을 안 퍼붓는다는 이야기를 했을 때, 지탄다가 이바라의 약점을 잡고 있기 때문이냐고 네가 말했지. 하도 어처구니없어서 아무도 부정 안 했다만. 어째서 그런 발상이 나왔는지 이젠 알 것 같다."

이바라가 아니라 자신이 약점을 잡힌 게 아닌가 겁내고 있었기 때문이다.

"넌 지탄다만 경계하고 있었어. 보통 네 친구를 알 만한 건 지탄다가 아니라 우리인데도. 같은 중학교를 나온."

"아아, 그래서……."

오히나타가 체념이 묻어나는 목소리로 말했다.

"그래서 학원에서 만났든지 3학년 올라와서 전학 온 애라고 하셨군요."

"그래. 가부라야 중학교하고 상관없는 데서 만났거나, 우리가 졸업하고 나서 전학 왔거나. 아무튼 넌 우리가 그 애를 모를 거라고 낙관하고 있었어. 하지만 지탄다만은 안심할 수 없었어."

의식해서 한 일은 아니었다. 나도 모르게 가볍게 한숨을 쉬고 말았다. 오히나타는 그조차 겁을 내듯 몸을 움츠렸다.

당돌한 하급생의 모습은 찾아볼 수 없었다.

"그런 점을 고려해서 어제 방과후 오간 이야기를 들으면 어떻게 된 일인지 대충 알겠다. 지탄다는 이바라 이야기를 했어. 숨은 의도고 진의고 뭐고 없었어. 그냥 이바라 이야기를 한 거야.

그렇지만 네 귀엔 그렇게 안 들렸던 거지. 지탄다는 어디까지 알고 있나, 그걸 모르는 공중에 뜬 상태로 은근슬쩍 떠봤더니 명백히 수상한 반응이 돌아왔어. 까놓고 물어볼 생각으로 동아리실에 갔다가 들은 이야기. 그게 너한테는 은유로 들린 거지."

남몰래 의심하다 보면 사람이 귀신으로 보이기도 한다.

멋대로 단정해버리면 지탄다가 야차로 보이기도 했을 것이다.

그게 바로 오해의 정체다.

"어제 지탄다가 한 이야기의 요지는 이거다. 이바라한테 만연은 백해무익했다. 자신을 보호한다는 의미에서도 탈퇴는 올바른 선택이었다. 그에 대해 너는 이렇게 말했다지? '그렇다고 저버릴 건 없지 않나'라고. 저버린다는 건 이상한 말이야. 엄밀히 말하자면 이바라는 만연에서 쫓겨난 형태라고. 그런데 어디서 그런 말이 나오는 거지?"

한 박자 쉬었다.

"내 말이 틀렸으면 틀렸다고 말해라."

그런 말로 서두를 뗀다.

"너한테는 지탄다의 말이 그 '친구'를 그만 버리는 게 낫다는 의미로 들린 거 아니냐?"

오히나타는 힘없이 나를 올려다보았다.

"지탄다 선배가 그런 뜻으로 말한 게 아니라고 어떻게 단정할 수 있죠?"

말하는 자신도 그 말을 완전히 믿지 못하는 게 쉰 목소리에서 엿보였다.

"……야, 지탄다는 네가 탈퇴한 이유를 뭐라고 생각하는지, 너 상상이 되냐?"

할말이 있는 듯한 눈빛. 그러나 대답은 없었다.

"자기가 맘대로 휴대전화를 건드려서, 그것 때문에 네가 화나서 그만뒀다고 생각한다."

"네?"

"믿어지냐? 고등학교 2학년씩이나 돼서 울 것 같은 표정으로 진심으로 그런 소리를 하더라. 완주하면 너한테 가서 어제 허락도 없이 휴대전화 만져서 미안하다고 사과할 생각이었다고, 그 녀석."

눈이 휘둥그렇게 벌어졌다. 오히나타는 웃으려 했다. 그러나 목에서 나온 것은 기묘하게 끅끅대는 오열 같은 소리뿐.

오히나타가 등을 돌렸다. 어깨가 부들부들 떨린다.

웃느라고 떨리는 것이라고 생각하고 싶었다.

3. 현재 : 18.9km 지점 : 남은 거리 1.1km

시야가 트였다.

길이 좁은 주택가를 벗어나 아레쿠스 신사로 향하는 참배길에 접어들었다. 넓은 길 좌우로 가게들이 늘어서 있다. 정월이나 봄가을 축제 때는 사람들로 북적이는 거리인데, 지금은 고요하고 깃발의 색깔만 선명하게 보인다.

"여기로 나오는구나."

그제야 납득했는지 오히나타가 중얼거렸다.

"다음 갈림길에서 원래 코스에 합류할 수 있다. 이제 안심했냐?"

"에이, 제가 언제 의심했다고요."

과연 그럴지.

한낮 직전의 태양이 아스팔트에 드리우는 그림자 색이 짙다. 여름이 얼마 남지 않았다.

"선배."

오히나타는 팔을 들어 어느 가게를 가리켰다. 커다란 종이 우산과 다다미를 깐 평상이 앞에 놓여 있다.

"경단 먹고 싶어요."

"갑자기 뭔 소리냐?"

"피곤하니까 경단 먹을래요."

일방적으로 선언하고는 대답도 듣지 않고 걸음을 뗀다. 허둥지둥 뒤를 따랐다.

"어이, 어쨌거나 수업중이다만."

멈춰 서지도 않았다.

"코스에서 벗어나놓고 이제 와서 무슨 말씀이세요? 기왕 나쁜 짓을 할 바엔 철저하게!"

"돈은 있는 거냐?"

그제야 오히나타는 어깨 너머로 돌아보았다.

"선배한테 있잖아요."

웃으며 말했다.

"주머니에서 짤랑짤랑 소리가 들리던데요."

중간에 뭔가 마시려고 챙겨 오긴 했다.

"진짜 맘먹으면 그만둘 줄 모르는군. 모자라면 어쩌려

고?"

"아, 그 생각은 못 했네요. 모자라요?"

주머니에 손을 넣었다. 주먹을 펴니 100엔짜리와 10엔짜리로 240엔 있었다.

오히나타가 가리킨 경단 가게는 양심적이었다. 관광지 가격으로도 사는 사람은 있을 텐데, 벽에 붙은 전통 종이에는 '한 개 80엔'이라고 적혀 있었다.

"……되겠군."

"됐다!"

오히나타는 가게 앞으로 쪼르르 달려가 큰 소리로 말했다.

"여기요, 경단 세 개 주세요!"

전액을 쓰게 할 생각인가. 아니, 그보다 왜 자연스럽게 내가 사주는 걸로 돼 있을까. 머릿속에 물음표가 쉴 새 없이 솟지만, 이미 주문했으니 어쩔 수 없다. 선배답게 사주자. 한 개 80엔이면 헐값으로 생색내는 셈이지만.

가게를 보는 것은 사람 좋아 보이는 할머니였다. 체육복을 입은 우리는 어떻게 봐도 수업을 땡땡이친 학생들이었지만, 흘깃 시선만 던지고는 아무것도 묻지 않고 "양념장 바른 거랑 쑥이 있는데"라고 했다.

"쑥 세 개요."

"난 양념장이 좋은데."

"양념장이 옷에 묻으면 얼버무리기 귀찮다고요."

맞는 말이다. 이상한 데서 세심한 녀석이다.

어쩌다 보니 평상에 둘이 나란히 앉아 쑥 경단을 먹게 되었다. 풋내가 싫어서 양념장 쪽이 낫다고 했는데, 쑥 향기에 속이 개운해졌다. 단맛이 몸속에 스며드는 것 같다.

"아, 살 것 같다……."

오히나타가 중얼거린 말에 나도 모르게 고개를 끄덕였다. 정말 그런 느낌이었다. 엉터리이기 짝이 없는 장거리 달리기였지만, 그래도 힘들기는 했던 모양이다.

꼬치에 다섯 개씩 경단이 꽂혀 있다. 두 개 먹더니 오히나타는 하늘을 우러르며 긴 숨을 토해냈다.

"아아, 개운해라. 이런 기분 오랜만이에요."

그러더니 갑자기 이런 말을 했다.

"선배, 일부러 말씀 안 하신 거 있죠?"

"경단 말이냐?"

"그럴 리 없잖아요."

그래, 그럴 리 없다. 아까 한 이야기에는 분명히 중대한 부분이 빠져 있다. 말할 생각은 없었으나, 오히나타가 스스로 말했다.

"저한테 감추고 싶은 '친구'가 있고, 지탄다 선배가 그 애랑 저에 관해 아는 게 아닐까 생각했다. 그럼 이유는 무엇인가. 어째서 '친구'를 감추고 싶었나."

"짐작도 안 가는군."

"순 거짓말쟁이. ……친절한 거짓말을 할 거면 좀더 그럴싸하게 해주셔야죠."

나는 아무 말도 하지 않고 손에 든 경단을 응시했다.

오히나타가 꿰뚫어 본 것처럼 대충 짚이는 것은 있었다. 아니, 그보다 이유를 짐작할 수 있었기에 방금 같은 추론이 가능했다고 말해야 할 것이다.

하지만 그에 대해 무슨 말을 할 마음은 없었다. 오히나타가 알리고 싶지 않다고 생각하는 문제다. 그런데 내가 구태여 안다고 말해봤자 의미가 없다.

"에구 참, 어쩌다 이렇게 됐는지."

오히나타는 중얼거리고 경단을 하나 더 빼 먹었다.

그러고는 이야기를 시작했다.

"좋은 애라고 생각했거든요. 선배 말처럼 그 애…… 걔는 3학년 올라와서 전학 왔어요. 특이한 애라 애들하고 못 어울렸다고 할지, 어울릴 마음도 없다고 할지, 좌우지간 자기 생각이 워낙 강한 애였어요.

제가 처음 생긴 친구고 여기 와서 유일하게 사귄 친구이기도 할 거예요. 본인이 그렇다고 했거든요. 그래서 저도 절대 안 헤어진다고 약속했어요."

"어려운 약속이군."

"그땐 그렇게 생각 안 했지 뭐예요. 머리가 나쁘거든요."

씩 웃는다.

"그래봤자 중학생이었으니까요. 중딩은 원래 바보잖아요."

두 달 전까지 중학생이었으면서 잘도 그런 소리를 한다.

"학교에선 별로 안 붙어다녔어요. 비밀스러운 느낌으로. 그래서 같은 반 애들도 저희에 관해서 아는 애, 별로 없었을 거예요. 학교 밖으로 나오면 놀 거리를 많이 아는 애였어요. 라이브도 갔고, 당구도 배웠고, 밴드 같은 것도 하고 놀았어요. 선배 생일이었던가요? '밀플뢰르' 잼을 준 것도 개예요. 스키장에서 얼굴 탔다고 했는데, 처음 스키장에 데려가준 것도 개였고요. 재밌었어요."

"보드 아니고?"

"스키라니까요."

나는 에너지 절약주의를 지향하는 바라 놀이에 관해 잘 모른다.

하지만 아는 것도 있다. 놀려면 돈이 필요하다.

오히나타가 스키 타러 간 곳은 이와테 현이다. 라이브는 센다이에서 후쿠오카까지 따라다녔다. 그런 이야기를 들을 때마다 돈은 어떻게 했나 싶어 의아하게 생각했다.

우리 누나는 전 세계를 누비고 다니지만, 그게 가능한 것은 그만큼 돈을 벌기 때문이다. 중학생인 오히나타에게 그런 일이 가능할 것 같지 않다. 오히나타의 집이 어지간히 부자라 용돈을 풍족하게 주나 했는데, '블렌드'에서 투덜거린 말을 듣기로 그것도 아닌 듯했다.

"그래서…… 돈이 떨어진 거예요."

오히나타는 입으로만 웃음을 지었다.

"그러고 보니 너희 집은 아르바이트 금지라고 했지."

"그렇지 뭐예요. 워낙 엄해서요."

"여행은 보내주면서?"

"다른 사람이랑 같이 가면 괜찮아요. 요컨대 절 안 믿는 거죠."

그러더니 오히나타는 자신도 방금 깨달은 것처럼 중얼거렸다.

"그렇지만 혹시 가능했어도 그런 식으로 놀겠다고 아르바이트를 했을지……."

조금 전 오히나타는 '즐거웠다'고 했다. 그 말도 거짓은 아닐 것이다. 하지만 형편에 맞지 않는 씀씀이를 진심으로 즐긴 것은 아닌 모양이다.

"'미안, 지금은 돈 없어서'라고 해도 걔한테는 안 통했어요. 친구는 특별하니까 그런 건 어떻게 해서라도 같이 있어야 한다는 거예요. 그렇지만 없는 건 없는 거고, 입시 공부도 있고 말이에요. 어쩌나 했더니 '나한테 맡겨' 그랬어요. '너랑 난 친구잖아'라고요."

돈을 손에 넣을 방법은 여러 가지다. 중학생이라 해도. 문제는 그것을 실행할 수 있느냐 없느냐다.

여기까지 이야기해놓고 오히나타는 말을 잇지 못했다. 그 다음을 말해야 할지 결심이 서지 않는 듯했다. 여기서는 거들어주는 게 좋을 것 같다.

"……건드리고 싶지 않은 화제가 있는데 그걸 연상시키는 물건이 눈앞에 있을 때 어떻게 해야 할지, 그게 참 쉽지 않지."

오히나타는 무슨 말인지 이해를 못 하는 듯 고개를 갸웃거렸다.

"그걸 눈앞에 그냥 두면 누가 아아, 그러고 보니, 하면서 언급할 수도 있어. 하지만 그렇다고 숨기면 그게 왜 없어졌지

하고 괜히 주의를 끌 수도 있거든."

예컨대 내 생일. 지탄다가 우리집에 온 적이 있다는 사실을 시사하는 복고양이는 처치 곤란이었다. 그것을 그냥 두면 언제 화제가 그쪽을 향할지 알 수 없다. 하지만 일부러 치우는 것도 부자연스러우니 그럴 수도 없었다.

"지탄다가 왔을 때 부자연스럽게 없어진 물건이 있었지. 그걸 보고 막연히 짐작은 했다."

"지탄다 선배가요? 언제 말씀이에요?"

"찻집에 갔을 때."

오히나타는 아마 무의식중에 그런 행동을 했을 것이다. 그렇기에 곧바로 기억나지 않았다. 그러나 이내 눈을 휘둥그렇게 뜨고 나를 뚫어지게 보았다.

"아! 그러고 보니까……. 선배, 그런 것까지 알아차리셨던 거예요?"

찻집에서 오히나타가 감춘 게 있다.

잡지 《심층》.

사토시였다고 기억하는데, 잡지꽂이에서 《심층》을 발견하고 오히나타에게 꺼내달라고 부탁했다. 오히나타는 그것을 꺼낼 때 애먹었다. 신문이며 잡지가 빽빽하게 꽂혀 있어서 한 손으로 잡지꽂이를 붙들고서야 《심층》을 뺄 수 있었다.

지탄다가 오기 조금 전, 일기예보 이야기가 나왔다. 구체적인 논점은 잊어버렸지만, 찻집을 나서기 전 나는 내가 옳다는 것을 입증하려고 잡지꽂이에서 신문을 빼 일기예보를 확인했다. 그때 나는 그것을 손쉽게 꺼냈다. ……《심층》의 두께만큼 빈 공간이 있었던 것이다.

잡지꽂이에서 《심층》이 사라지고 없었다. 물론 카운터에 남아 있지도 않았다. 그럼 어디로 사라졌나, 그런 것은 별로 기묘한 일이 아니다. 어디든 감출 수 있었을 테니까. 하지만 어째서 사라졌는지는 기묘했다. 우연 같지는 않다. 누가 일부러 한 행동이다. 일부러 했다면 이유는 무엇인가, 나는 생각하고 있었다.

"스이토샤 사건…… 바꿔 말하면 돈을 사취한 사건을 사토시가 언급한 건 《심층》이 거기 있었기 때문이었지. 하지만 지탄다가 왔을 때는 《심층》이 없었어."

"그러고 보니까 그랬네요. 화장실 갈 때 은근슬쩍 들고 갔어요. 그런 데서 꼬리를 잡힐 줄이야."

오히나타는 짐짓 한숨을 쉬었다.

"지탄다 선배가 아니라 오레키 선배를 경계해야 했던 거군요."

"뭔 그런 서운한 소리를 하냐. 경단도 사줬는데."

"진짜 맛있어요, 이거."

하나 또 먹었다. 오히나타의 꼬치에 남은 쑥 경단은 이제 한 개다.

"나도 진짜 바보라니까. 평범하게 생각하면 잡지가 있다고 이야기가 그쪽으로 간다는 법도 없는데."

"그렇지."

"뭘 한 거지. 자기가 뭘 하고 있는 건지도 알 수 없게 된 걸까……."

그렇게 중얼거린 뒤, 오히나타는 내게 살짝 고개를 끄덕였다.

"오레키 선배는 이제 거의 아시는 것 같으니까 말할게요. 걔 할아버지가 부자거든요. 저도 그냥 지탄다 선배가 발이 넓기만 했으면 겁내지 않았을 거예요. 하지만 선배는 오래된 가문이라든지 전부터 이어지는 집안 간의 교제라든지, 그런 거랑도 관계가 있잖아요. 아느냐고 물어보면 웃으면서 '얼마 전에 인사드리러 갔었답니다' 그러지 않을까요?"

그건 과연 있을 법한 이야기다.

"네, 그래요. 제 '친구'는 지금까지 자기 할아버지를 속여서 돈을 얻었던 거예요."

"큰돈이냐?"

"큰돈이에요."

꼬치에 마지막으로 남은 경단을 바라보며 오히나타가 말했다.

"무서웠어요. ……경찰이 무서웠다든지 그런 건 아니고요. 만약 모조리 들통나서 경찰에서 와도 잡히는 건 걔지, 제가 아니에요. 전 무관해요. 그렇지만 전 걔가 무서웠어요. '친구'랑 같이 있기 위해선 수단을 가리지 않아요. 죄를 짓고도 아무렇지도 않게 웃어요. 그런데 그 '친구'가 저인 거예요. 이래도 되는 걸까 알 수 없었어요. 두 사람의 거리를 잘못 어림하고 있다. 줄곧 그런 생각이 들었어요."

이 정도로 해가 쨍쨍한데도 오히나타는 부르르 몸서리를 쳤다.

"제가 가미야마 고등학교에 간다는 걸 알고 걔는 온갖 말로 절 은근슬쩍 비난했어요. '네가 그런 앤 줄 몰랐어'라느니 '거짓말할 생각이야?'라느니. 걔는 가미야마 고등학교에 오기엔 점수가 약간 부족했거든요. 하지만 결국 학교가 달라도 친구라고 다시 한번 약속하고, 그리고 졸업했어요. 고등학교에 들어오고 나서 확실하게 깨달았어요. 제가 엄청 안심했다는 걸."

오히나타의 목소리가 조금씩 커졌다.

"그렇지만 그거 역시 못됐잖아요. 일그러진 형태이긴 해도 걘 절 유일한 '친구'라고 생각하는걸요. 뭐가 잘못된 게 있다면 제가 고쳐줘야 하는 거 아닌가요? 걔를 저버릴 순 없다. 걔를 저버리면 안 된다. 그런 거, 인간으로서 옳지 않은 일이다. 저 자신을 그렇게 설득했어요.

그런데도 걔 죄가 들통나는 것도, 걔랑 제가 '친구'라는 게 들통나는 것도 전부 무서웠어요. 지탄다 선배가 언제 '너 걔랑 친구지?' 할까 생각하니까 선배 얼굴도 똑바로 볼 수 없었다고요!"

그러고는 고개를 떨어뜨리고 발밑의 아스팔트를 향해 후려치듯 부르짖었다.

"난…… 난 진짜 바보야!"

"자, 마시렴" 하며 경단 가게 주인이 차를 주었다. 인사를 하고 받았지만 이 이상 있을 수 없다. 꽤 편히 왔고, 길도 돌아서 왔다. 하지만 언젠가는 골인 지점까지 가야 한다.

나는 일어나 앉아 있는 오히나타에게 말했다.

"가입하면 지탄다가 기뻐할 거다. 이바라도, 사토시도."

그러나 오히나타는 얼굴을 들고 엷게 웃으며 고개를 흔들었다.

"혼자 멋대로 겁내놓고 그걸 지탄다 선배 탓으로 돌려 심한 말을 했다고요. 지탄다 선배를 볼 낯이 있을 것 같으세요?"

"일시적으로 불안했던 것뿐이야. 금세 잊을 거다. 지탄다는 신경쓰지 않을 테지. 게다가 어쩌면 힘이 돼줄 수 있을지도 몰라."

스스로도 지금은 무리라는 것을 알고 있었다. 오히나타의 오해를 푸는 데는 성공했을지 모른다. 하지만 그것은 이 녀석이 안고 있는 문제가 지탄다와 무관하다는 사실을 입증한 것에 불과하다. '넌 상처받았을지도 모르지만 그건 우리 잘못이 아니다.' 나는 그렇게 말했을 뿐이다.

생각대로 오히나타는 다시 한번 고개를 흔들었다.

"언젠가 지탄다 선배한테 사과드리러 갈게요. 그렇지만 지금은 아직 같은 장소에 못 있을 것 같아요."

"그러냐. 그럼 난 간다."

발길을 돌렸을 때, 뒤에서 불렀다.

"선배."

"그래."

"기억나세요? 앞마당에서 가입 권유했을 때, 제가 뭐라고 그러면서 고전부에 들어갔는지."

어깨 너머로 대답했다.

"아니."

얼굴은 보이지 않았다. 그러나 오히나타가 웃은 것을 알 수 있었다.

"순 거짓말쟁이."

어떻게 아는 거지. 나는 그렇게 속마음이 태도에 빤히 드러나나.

"사이좋은 사람들 볼 때가 전 제일 행복해요. 그건 진짜예요. 그러니까 선배, 지난 두 달 동안 저 꽤 구원받은 기분이었다고 생각해요."

돌아보고 말했어야 하는지도 모른다. "마음 내키면 언제든 와라"라고. 그러나 말하지 못했다. 오히나타의 말이 더 빨랐기 때문이다.

"경단 잘 먹었어요. ……감사합니다."

종장

손은 어디까지고 뻗을 터

1. 현재 : 19.1km 지점 : 남은 거리 0.9km

신발끈은 꽉 묶었다. 다리의 통증도 이제 없다. 호시가야 배 동안 해야 할 일은 다했다. 골인 지점까지 이제 얼마 남지 않았지만 지금 와서 뛸 마음도 나지 않는다. 인기척이 거의 없는 참뱃길을 막연히 걸어간다. 완만한 내리막길이 똑바로 이어진다.

참뱃길 입구의 대大도리이 밑을 지나면 코스로 복귀할 수 있다. 길 따라서 곧장 오면 되니 오히나타도 길을 몰라 헤매지는 않을 것이다 싶으면서도 문득 걱정이 들었다. 그러나 돌아보지는 않았다. 가볍게 눈을 감았다가 머리를 흔들고 도로

뜨자, 길옆에 낯익은 산악용 자전거가 보였다. 주위를 둘러 보니 가까운 석등에 사토시가 팔짱을 끼고 기대서 있었다.

내가 입을 열기도 전에 먼저 "야아" 하고 말을 걸었다.

"장지문에도 눈이 있단 말 있잖아? 코스 이탈을 한 2인조가 있다기에 총무 부위원장께서 친히 찾으러 와줬어."

들켰나. 게다가 일부러 보고까지 했다니.

"용케 여기란 걸 알았군."

"그야 그럴 만도 하지. 2인조가 들어갔다는 골목, 그 길을 호타로 너한테 가르쳐준 사람은 난데."

그랬던가. 잘 기억나지 않는다. 내가 스스로 지름길을 찾았을 것 같지는 않으니 그랬을지도 모른다.

"일이 성가셔질 것 같냐?"

내가 묻자 사토시는 어깨를 으쓱했다.

"무마하려고 내가 온 거 아냐."

"넌 경찰관만은 안 되는 게 좋겠군."

"그럼 세무 공무원이 되지, 뭐. 아니면 규정대로 야단맞는 게 희망이셔?"

재미없다는 듯 말하고는 내 대답도 듣지 않고 물었다.

"그래서 어떻게 됐어?"

이십 킬로미터 동안 기억을 되살리고 각 사람의 이야기를 들었다. 그래서 어떻게 됐나. 결론은 이것이다.

“가입은 안 해.”

“그래.”

사토시는 예상했던 모양이지만 그래도 나직이 한숨을 쉬며 “그건 유감인걸” 하고 말했다.

“그렇지만 가입하지 않겠다는 이유는 안 모양이네.”

“왜 그렇게 생각하냐?”

“아니면 네가 오히나타하고 직담판을 하는 의미가 없으니까. ……괜찮으면 나도 알 수 있을까?”

그러나 나는 고개를 끄덕일 수 없었다. 오히나타의 ‘이유’를 이야기하려면, 그 녀석이 지탄다를 고발자로 오해하고 두려워할 만큼 감추고 싶어 했던 사실을 이야기해야 한다. 아무리 상대방이 후쿠베 사토시라도 그런 일을 해도 되는 건지 망설여졌다. 그것을 눈치챘는지 사토시는 앞장서서 걸음을 뗐다.

“어려우면 말 안 해도 되고. 걸으면서 이야기하자. 얼른 골인하지 않으면 내 일도 안 끝나니까.”

산악용 자전거를 미는 사토시와 나란히 포석을 깐 참배길을 걸었다.

사토시는 더이상 채근하지 않았다. 그러므로 내가 불쑥 중얼거린 것은 나 자신이 말하지 않을 수 없었기 때문이라고 생각한다.

“외부 문제였다.”

오히나타가 두려워하는 죄는 과거의 것이고, ‘친구’는 현재 다른 학교에 있다. 오히나타와 ‘친구’의 문제는 가미야마 고등학교와는 관계없는 외부 일이다.

“어쩐지 그럴 것 같더라만…….”

사토시가 말했다.

“어쩐지 그렇지 않을까 싶었어. 난 널 비교적 높이 평가하지만, 네가 오늘 호시가야 배 동안 모든 걸 알아내더라도 이제 와서 되돌리는 건 어렵지 않을까, 그런 생각이 들었거든. 학교 외부 문제라면 어떻게도 할 수 없으니까.”

그러고 보니 출발 직후, 이 녀석은 말했다. 너무 다 떠안으려고 하지 말라고. 내게 책임은 없다고.

“왜 그렇게 생각했던 거냐?”

사토시는 산악용 자전거 핸들에 손을 얹은 채 재주 좋게 어깨를 으쓱했다.

“그냥. 다만 고등학교 입학하고 아직 얼마 안 됐으니까, 무슨 일이 있다 해도 학교랑은 관계없지 않을까 싶었던 것뿐이야. 게다가 오히나타하곤 밖에서 만날 때도 많았고 말이지.”

그러고는 앞을 바라본 채 말했다.

"우리는 어차피 학교 밖으론 손을 뻗지 못해. 호타로, 처음부터 방법이 없었던 거야."

그럴까.

실감으로는 사토시 말이 맞는다. 중학생 시절, 가부라야 중학교가 내 눈에 보이는 전부였다. 고등학생인 지금은 가미야마 고등학교 바깥에 관여할 수 없다.

하지만 정말 그럴까. 아무 일도 없이 순조롭게 학교생활을 한다면 우리는 이 년 뒤 가미야마 고등학교를 뒤로할 것이다. 대학에 간다 해도, 이 역시 순조롭다면 육 년 뒤에는 학교라는 장소를 떠나게 된다. 만약 그때까지 학교 밖으로 손을 뻗을 수 없다고 생각하며 산다면 느닷없이 황야에 내동댕이쳐져 어쩔 줄 모를 것이다.

사실은 그렇지 않은 게 아닐까. 지탄다가 다양한 사교에 참여하듯, 누나가 전 세계를 여행하듯, 손은 어디까지고 뻗을 터.

에너지 절약주의가 신조인 내게 물론 그런 의지는 없었다. 그러나 지금 가슴속 깊은 곳에 앙금 같은 기분이 가라앉아 있다.

지탄다는 만약 오히나타에게 무슨 고민이 있다면 도와주라고 했다. 나는 알겠다고 대답했다. 그러나 아무것도 하지 못했다.

변명할 말은 얼마든지 있다. 오히나타의 문제에 관여할 이유는 전혀 없다. 지탄다에 대한 오해를 푼 이상, 그다음부터는 오히나타 자신의 문제고 그 이상 뭘 하는 것은 쓸데없는 오지랖이다.

하지만 혹시 '쓸데없는 오지랖이니까 관여하지 않는 게 낫다'가 아니라 '외부 문제는 귀찮으니까 관여하고 싶지 않다'라고 생각하는 것은 아닐까? 실제로 할 수 있는 일이 있을지 없을지는 둘째 치고, 심정적으로 나는 방금 오히나타를 버리고 온 게 아닌가?

……피곤한가 보다. 생각이 정리되지 않는다. 위로해주려고 한 사토시에게 그렇다고도, 아니라고도 말 못 하고 그저 의식에 떠오른 말을 입 밖에 냈다.

"사토시, '소다 소노코'란 이름 들어본 적 없냐?"

그러나 중얼거린 목소리가 너무 작았다.

"어? 뭐라고?"

"……아니, 아무것도 아니다."

아무리 오히나타가 '친구'가 발각될 것을 두려워하고 있었어도, 지탄다를 의심하기 시작한 데는 명확한 이유가 또 하나 있지 않았을까. 예컨대 '친구'의 이름을 말했다든지.

그렇게 생각할 때, 지탄다가 오히나타 앞에서 명확히 말한 이름은 우리집을 찾을 때 졸업 문집을 빌린 상대방, '소다'밖에 없었던 것 같다. 오히나타는 지탄다가 소다와 관계가 있다는 것을 알고 나서 지탄다를 겁내기 시작한 게 아닌가.

그리고 그 이름은 '소노코' 내지 그 비슷한 이름이 아닐까 싶다. 조금 전 이야기하면서 오히나타는 딱 한 번, '친구'를 '소노코'(그 애)라고 말했다가 '아노코'(걔)로 고쳤다. 혹시 발음이 유사한 것 때문에 들킬까 봐 겁낸 것은 아닐까.

확신이라 하기에는 너무나도 약한, 단순한 의심. 이것은 지탄다에게 물으면 확인하는 게 가능하다. 하지만 진심으로 오히나타를 도와주고 싶다고 생각하는 게 아니라면 그럴 필요도 없다.

참뱃길 입구에 다다라 대도리이 앞에서 사토시는 자전거에 올라탔다.

"이제부터는 그냥 학교 행사니까 제대로 달려."

고개를 끄덕이고 페달을 밟고 달려가는 사토시를 배웅했다. 그리고 처음에는 천천히, 그리고 서서히 속도를 높여 호시가야 배 코스로 복귀했다. 2학년은 이미 거의 골인했을 것이다. 내 앞뒤로 달리는 것은 1학년뿐. 얼굴을 들자 렌고 병원 흰 건물이 보였다. 이제 곧 그 뒤로 학교가 보일 것이다.

한줄기 바람에 뒤를 돌아봐도, 힘들게 달리는 1학년들 중에서 까무잡잡하게 탄 웃는 얼굴을 발견할 수 없다. 그 애를 얼마만큼 뒤에 두고 왔는지 어림하려야 어림할 길이 없었다.

권영주
서울대 외교학과를 졸업하고 대학원에서 영문학을 전공했다. 옮긴 책으로는 헬렌 매클로이의 『어두운 거울 속에』, 요네자와 호노부의 『빙과』와 『개는 어디에』를 비롯하여 『삼월은 붉은 구렁을』(제20회 노마문예번역상 수상)부터 『달의 뒷면』까지 온다 리쿠의 작품 다수와, 미쓰다 신조의 『잘린 머리처럼 불길한 것』 등이 있다.

두 사람의 거리 추정 - 고전부 시리즈 5

1판 1쇄 2015년 4월 24일
1판 17쇄 2024년 3월 20일

지은이 요네자와 호노부
옮긴이 권영주

책임편집 임지호 | **편집** 지혜림
아트디렉팅 이혜경 | **본문** 정연화 | **그림** 뽀얀
저작권 박지영 형소진 최은진 서연주 오서영
마케팅 정민호 서지화 한민아 이민경 안남영 왕지경 정경주 김수인 김혜원 김하연 김예진
브랜딩 함유지 함근아 고보미 박민재 김희숙 박다솔 조다현 정승민 배진성
제작 강신은 김동욱 이순호 | **제작처** 영신사

펴낸곳 (주)문학동네 | **펴낸이** 김소영
출판등록 1993년 10월 22일 제2003-000045호

주소 10881 경기도 파주시 회동길 210
문의 031-955-1901(편집) 031-955-2696(마케팅) 031-955-8855(팩스)
전자우편 elixir@munhak.com | **홈페이지** www.elmys.co.kr
인스타그램 @elixir_mystery | **X(트위터)** @elixir_mystery

ISBN 978-89-546-3593-6 03830
978-89-546-2263-9(SET)

엘릭시르는 출판그룹 문학동네의 장르소설 브랜드입니다.

잘못된 책은 구입하신 서점에서 교환해드립니다.
기타 교환 문의: 031-955-2661, 3580

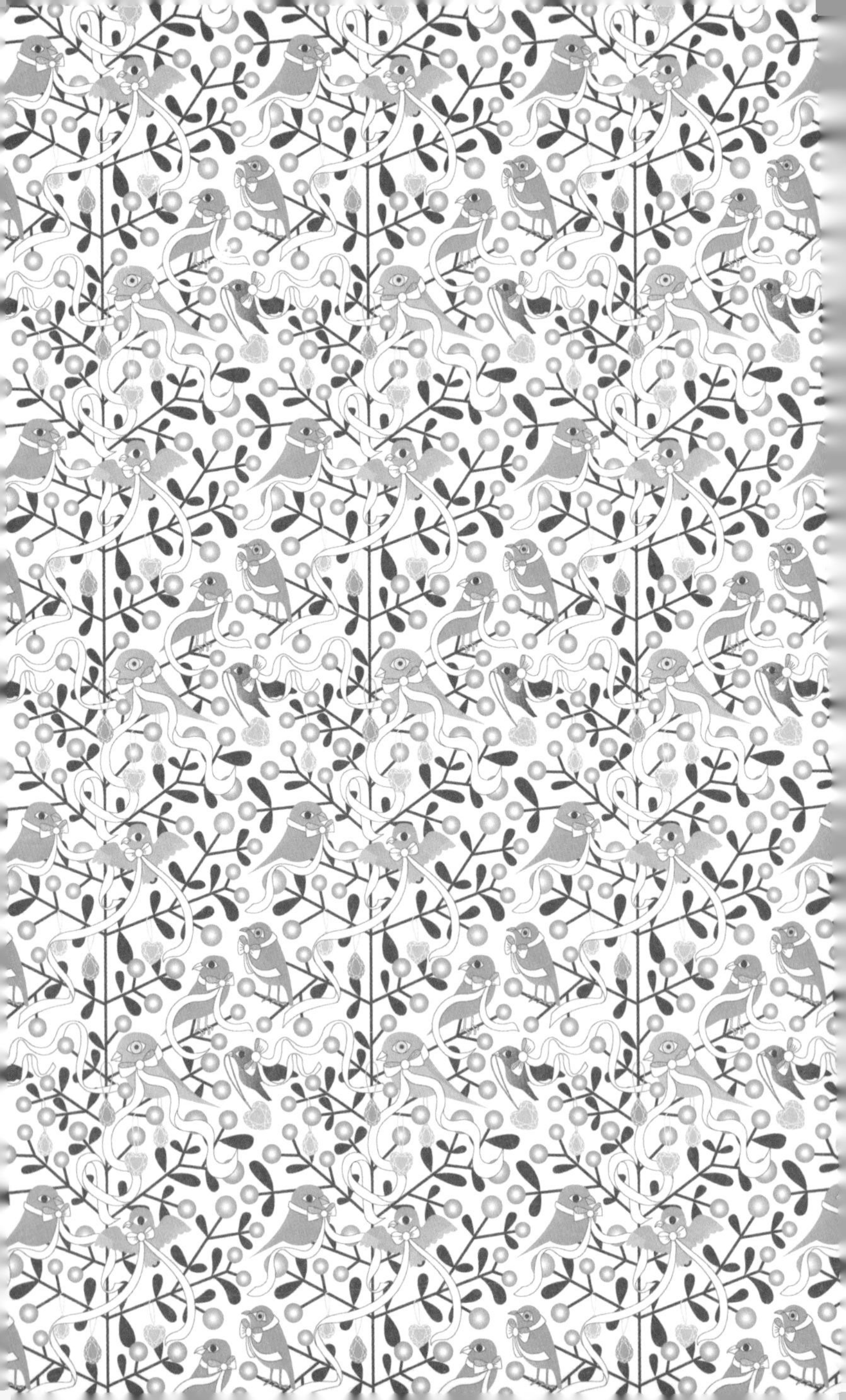